의사 노빈손과
위기일발 응급의료센터

초판 1쇄 펴냄 2020년 1월 28일
　　2쇄 펴냄 2020년 5월 25일

글 곽경훈
일러스트 이우일
펴낸이 고영은 박미숙

펴낸곳 뜨인돌출판(주) | 출판등록 1994.10.11.(제406-251002011000185호)
주소 10881 경기도 파주시 회동길 337-9
홈페이지 www.ddstone.com | 블로그 blog.naver.com/ddstone1994
페이스북 www.facebook.com/ddstone1994 | 노빈손 www.nobinson.com
대표전화 02-337-5252 | 팩스 031-947-5868

ISBN 978-89-5807-750-3　03810

이 도서의 국립중앙도서관 출판예정도서목록(CIP)은 서지정보유통지원시스템 홈페이지
(http://seoji.nl.go.kr)와 국가자료종합목록 구축시스템(http://kolis-net.nl.go.kr)에서
이용하실 수 있습니다. (CIP제어번호 : CIP2020001295)

어린이제품안전특별법에 의한 제품표시
제조자명 뜨인돌출판(주) **제조국명** 대한민국 **사용연령** 10세 이상

의사 노빈손과

위기일발
응급의료센터

곽경훈 글 | 이우일 일러스트

뜨인돌

책을 내며

'응급실'이란 단어를 들으면, 여러분은 어떤 생각이 떠오르나요? 분명 유쾌한 느낌으로 다가오지는 않을 겁니다. 고통, 긴장, 슬픔, 절망, 후회, 낙담…. 다들 이런 감정이 들겠죠. 응급실에 가 본 적 없는 사람이라면 막연한 두려움에 잔뜩 긴장할 것이고, 응급실에 자주 가 본 사람이라도 크게 다르지 않을 거예요. 아주 어린 아기들도 응급실에 들어서면 본능적으로 울음을 터트리곤 합니다.

응급의학과 의사로 10년 이상 일해 온 저도 사실 여러분과 크게 다르지 않습니다. 환자 또는 보호자로서 응급실을 찾는 경우를 상상해 보면 저 역시 긴장되고 두려워요. 어린 시절, 갑자기 몸이 아파 부모님께서 응급실에 가자고 했을 때 절대 가지 않겠다고 고집 부렸던 게 기억납니다. 부모님께서 어르고 달래서 겨우 응급실에 갔는데, 주사를 맞아야 한다는 얘기를 듣고는 목 놓아 울었던 것 같네요.

이처럼 응급실은 누구든 꺼리는 곳이지만, 우리에게 꼭 필요한 곳이라는 점은 분명합니다. 그런데 여러분, 응급실이 정확히 어떤 곳인지 아시나요? 아마 '야간과 공휴일에 환자를 진료하는 곳' 정도로만 알고 계실 것 같군요. 사실 응급실은 병원이 문을 닫는 시간에만 운영되는 게 아닙니다. 간단히 말하자면 '24시간, 신속한 치료가 필요한 환자를 제일 먼저 받아 진료하는 곳'이 바로 응급실입니다.

환자들은 정말 다양한 사고와 질병으로 응급실에 들어오죠. 혹시 이런 궁금증이 들지 않나요? '누가 어떤 일로 응급실에 실려 가는 걸까?' '응급실의 24시간은 어떻게 돌아가지?' 자, 그렇다면 노빈손 인턴, 그리고 닥터K와 함께 응급실의 뜨거운 분위기 속으로 뛰어들어 그 궁금증을 해결해 볼까요? 손에 땀을 쥐는 응급실의 24시간이 흥미진진하게 펼쳐집니다. 위기일발 응급실 안에서 좌충우돌하며 의사로 거듭나는 노빈손 선생의 활약도 많이 기대해 주세요!

참, 이 자리를 빌려 고마움을 전할 분들이 있습니다. 응급실의 안팎을 멋진 삽화와 만화로 그려 내 주신 이우일 선생님, 원고가 더 재미있는 이야기로 거듭나도록 도와주신 뜨인돌 편집부 여러분, 정말 감사합니다. 항상 제 글을 가장 먼저 재미있게 읽어 주는 아내와 동생에게도 고마움을 전합니다. 그리고 오랜 세월 함께해 준 노빈손의 친구, 독자 여러분. 진심으로 감사합니다!

곽경훈

목차

아프리카 콩고민주공화국, 키콤바 병원

으…

또 정전이야…

지긋지긋한 더위다!

맞다, 원장실!

거긴 비상발전기 덕분에 선풍기랑 냉장고 다 잘 돌아갈 거야.

근데 원장님이 안 계셔야 할 텐데… 명색이 보안책임자인데 이렇게 약한 모습을 보여 드려서야….

빼꼼~

앗, 원장님…
자리에 계셨군요.

딱 걸림.

아, 다쏴라 씨.
어서 와요.

보안 동향을 보고
드리러 왔습니다!

근데 보고는
아침에 이미
받았는데…

끼익~

앗, 그랬…나요?
날이 너무 더워서 그런지
자꾸 까먹네요. 하하핫!

참
덥죠?

냉장고에 시원한
콜라가 있으니
한잔 드시고
얘기 나눕시다.

아
시원~

다쏴라 씨는
아프리카가 처음
이라고 했죠?

네. 영국 육군 시절 코소보와
아프가니스탄 등 각지를 다녔지만
아프리카는 처음입니다.

그렇군요. 난 프랑스에서
의대를 다니고 박사 학위를
받은 뒤 이곳으로 돌아와
쭉 여기 있었죠.

알다시피
내 나라는 지금
슬픔에 빠져 있습니다.
원래 풍부한 광물에
발달한 농업까지,
축복받은 땅이었는데…

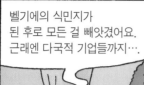

벨기에의 식민지가
된 후로 모든 걸 빼앗겼어요.
근래엔 다국적 기업들까지….

제대로 치료를 받지
못해 죽어 가고
있…

우리에겐 총과 폭탄만 남아
서로를 죽이고 있고, 열악한
의료 환경 속에서 환자들은…

습격입니다, 원장님!
대체 어떤 놈들이짓….
일단 몸부터 피하시죠!
어서 제 뒤로….

이걸…

결국 그들이 눈치 챈 모양이군….
다쏴라 씨! 나는 남아서 환자들을
돌볼 테니, 어서 이걸 갖고 도망쳐요!

그…
그들이 누구
인가요?!

시간이 없어요,
다쏴라 씨.

아…
알겠습니다,
원장님! 이걸
어느 분께 전하면
되겠습니까?

한국에 있는 내 친구,
김멸균 박사에게
꼭 전해 주세요. 그래야
저들의 정체를 밝히고,
더 이상의 희생을
막을 수 있습니다!

그…그럼….

어서!

원장님, 부디
무사하셔야
합니다. USB는
김 박사께 꼭
전하겠습니다!

1

응급의학 전문의,
닥터K의 포스

# 잠에서 깨어나 보니

눈꺼풀 위로 밝은 빛이 느껴졌다. 아침이 밝았다. 일어나야 했다. 그러나 노빈손은 감은 눈을 더욱 질끈 감았다.

'어차피 시간 되면 엄마가 와서 깨울 거야.'

노빈손은 이불 밖으로 내민 발가락을 꼼지락대며 중얼거렸다.

"아, 기분 좋다. 역시 늦잠이 최고야."

그런데 한참 지나도 엄마는 노빈손을 깨우러 오지 않았다.

'오늘이 토요일인가?'

천만에, 분명 토요일은 아니었다. 일요일도 아니었다.

'오늘이 공휴일인가?'

그럴 리가! 노빈손이 모르는 공휴일은 없다. 시험 보는 날은 잊어도 공휴일을 잊어버렸을 리 없었다.

'무슨 일이 생긴 건가? 혹시 엄마가 아파서 깨우러 오시지 않는 걸까?'

늦잠 자기 좋아하는 노빈손도 이제는 눈을 뜰 수밖에 없었다. 그런데 이게 웬일? 무거운 눈꺼풀을 가까스로 들어 올린 노빈손은 깜짝 놀랐다. 그곳은 노빈손의 방이 아니었다. 상아색 벽지로 도배된 방에는 책상도, 노빈손이 좋아하는 노트북도 없었다. 2층 침대와 기숙사에서나 볼 수 있을 법한 조그마한 수납장이 있었다.

"여기가 어디지? 우리 집이 아니잖아!"

노빈손은 침대에서 벌떡 일어났다. 그때 문이 덜컹 열리고 하늘색 옷을 입은 사람이 들어왔다. 아주 다급하고 약간 화난 듯한 그의 표정에 노빈손은 움츠러들었다.

"노빈손! 지금까지 자면 어떡해!"

노빈손은 얼떨떨했다.

"저, 혹시 저를 아세요?"

노빈손의 말에 상대는 황당하다는 표정을 지었다.

"노빈손, 무슨 소리야! 네가 구제 불능 농땡이인 것은 6년 전부터 알고 있었어!"

6년 전? 노빈손이 하늘색 옷을 입은 저 여자를 본 것은 60초도 채 지나지 않았는데, 6년 전이라니?

"어서 준비해. 5분밖에 남지 않았다고! 이러다가 나까지 늦겠어."

노빈손은 어리둥절했다. 그러나 상대는 아랑곳하지 않고 수납장에서 하늘색 옷과 청진기를 꺼내 노빈손에게 던졌다.

"빨리 준비해. 늦으면 닥터K가 우리 둘 다 가만두지 않을 거야."

어디에 늦는다는 얘기인지, 누가 가만두지 않는다는 것인지 노빈손은 궁금했다. 게다가 닥터K는 또 누구란 말인가. 아니, 일단 저 여자의 이름부터 궁금했다.

"그런데, 누구세요?"

노빈손은 공손하게 물었으나 상대는 매서운 표정으로 노려보며
말했다.

"재미없거든! 응급실마저 너랑 같이 돌아야 하다니. 너 때문에
나까지 닥터K한테 잡아먹힐 거야!"

노빈손은 더 이상 물을 수 없었다. 그녀의 목에 걸린 이름표를
보고 '나착한'이란 이름만 겨우 확인했다. 서둘러 하늘색 옷을 입
고 청진기를 목에 둘렀다. 쭈뼛대며 방을 나서려는 순간, 나착한이
답답하다는 듯 말했다.

"아니, 노빈손! 이름표를 잊어버리면 어떡해? 이런 것도 챙겨 줘
야 해?"

나착한은 이름표가 달린 목걸이를 노빈손에게 건넸다. 이름표
에는 '연남대학교병원 인턴 노빈손'이라고 적혀 있었다. 병원? 인턴?
노빈손은 혼란스러웠다. 이름표의 사진도 분명히 노빈손 자신이었
다. 내가 인턴이라니? 혹시 의학 드라마에 나오는 그 인턴? 그러나
노빈손은 나착한에게 물어보지 못했다. 시계를 본 나착한이 이미
달려 나가기 시작했기 때문이다. 노빈손도 서둘러 방을 나와 나착
한을 따라 달릴 수밖에 없었다.

그렇게 나착한을 따라 달려 도착한 곳에는 '응급의료센터'란 간
판이 걸려 있었다.

'그냥 응급실이라고 하면 될 것을, 왜 굳이 어렵게 응급의료센터

응급실은 규모와 시설에 따라 응급의료기관, 지역응급의료센터, 권역응급의료센터
로 나눠요. 이런 분류 외에, 중증 외상 환자를 치료하는 특수한 기능을 지닌 권역외
상센터도 존재하죠. 노빈손이 일하는 응급실은 권역응급의료센터에 해당합니다.

라고 써 놓은 거지?'

노빈손은 두리번거리며 응급실 안을 살폈다. 아침인데도 응급실
은 환자로 붐볐고 의료진, 행정 직원, 경비 직원 모두 분주하게 움
직이고 있었다. 노빈손과 같은 차림의 사람들이 응급실 한쪽에 모
여, 빨리 오라며 손짓했다. 바로 그때, 검푸른 옷을 입은 덩치 큰
남자가 노빈손의 앞을 막아섰다. 노빈손은 자신도 모르게 그 남자
의 이름표를 읽었다.

"응급의학과 전문의 경훈?"

'특이한 이름이네' 하고 중얼거리려는 순간, 노빈손은 곤란한 상
황에 빠졌음을 깨달았다. 이름표에서 시선을 올려 보니 짧은 빡빡
머리, 무서운 눈매, 날카로운 콧날, 얇은 입술을 지닌 남자가 매섭
게 노려보고 있었기 때문이다. 이름표에는 의사라고 적혀 있었지
만, 그보다 레슬링 선수가 더 잘 어울리는 인상이었다.

"내 이름표가 재미있나요, 인턴 선생님?"

경훈의 날카로운 질문에 노빈손은 정신이 번쩍 들었다. 아직도
모든 상황이 혼란스럽고 어안이 벙벙했으나 자신도 모르게 군인처
럼 부동자세를 취했다.

"노빈손 선생! 의사로 일하는 첫날부터 지각인가? 자네는 의대생
시절과 달라진 것이 전혀 없군."

노빈손은 경훈이 무서웠으나, 밝힐 것은 분명히 밝혀 둬야 한다

고 생각했다.

"저, 경훈 선생님. 저는 의사가 아니고요…."

그러자 경훈은 크게 한숨 쉬며 말했다.

"나도 대한민국 정부가 자네에게 의사 면허를 왜 주었는지 의문스럽네. 그렇지만 자네는 확실히 의사가 맞아. 이제 의대생 시절처럼 적당히 농땡이 피워선 안 돼. 그런데 첫날부터 지각이라니…."

'의사 면허를 받았다고? 내가?' 노빈손은 깜짝 놀랐다.

"그게… 오해가 있어요. 저는 의사가 아니고…."

'의대에 다닌 적도 없어요'라고 덧붙이고 싶었으나 경훈은 고개를 절레절레 흔들며 노빈손의 말을 잘랐다.

18

"변명은 필요 없어!"

단호한 경훈의 말에 노빈손은 입을 다물고 말았다. 경훈은 나착한을 바라보며 말했다.

"나착한 선생. 의대 실습생 시절처럼, 이번에도 노빈손 선생을 도와줘야겠어."

그러면서 경훈은 노빈손과 나착한, 그리고 나머지 인턴들을 바라보며 중얼거렸다.

"올해도 3월의 응급실은 힘들겠군."

 ## 왼쪽 어깨 통증의 비밀

응급실 인턴들에게 경훈이 전한 말은 간단했다.

"6년간 의과대학에서 교육받았고 의사 시험에 합격했으니 의학 지식은 충분합니다. 최선을 다하고 조금이라도 의문스럽다면 보고하세요. 내가 항상 옆에 있을 겁니다."

그런데 노빈손은 6년이 아니라 단 6초도 의과대학에 다닌 적이 없었다. 그저 자고 일어나니 응급실 인턴이 되어 있었을 뿐이다. 그래서 나착한에게 꼭 붙어 있기로 마음먹었다.

"새로 온 인턴인가 봐?"

잔뜩 긴장한 노빈손에게, 경훈처럼 검푸른 옷을 입은 사람이 다가와 말을 걸었다. 경훈보다 어려 보이는 남자는 얼굴이 동글동글했고 몸도 통통했다. 그도 청진기를 목에 걸고 있었다. 이름표에는 '응급의학과 레지던트 이대충'이라 적혀 있었다.

"여기는 환자분류소야. 아직 낯설 테니 잘 보고 배우라고."

노빈손은 그제야 자신이 응급실 입구에 있다는 것을 깨달았다. 주위를 살펴보니 '환자분류소'란 푯말 아래에 진료용 컴퓨터가 놓인 책상이 있었다.

"여기는 응급실에 온 환자들을 분류하는 곳이야."

이대충은 통통한 배를 손으로 두드리며 말을 이었다.

"응급실에 해당하는 환자인지, 얼마나 응급한 환자인지, 혹은 메르스나 에볼라 같은 감염 질환이 의심되어 바로 격리해야 하는 환자인지 등을 판단하는 곳이지."

노빈손은 눈을 크게 뜨며 말했다.

"와, 그러면 엄청 중요한 곳이네요!"

이대충은 신난 목소리로 대답했다.

"그럼! 나처럼 유능하고 인정받는 응급의학과 의사가 필요한 곳이지!"

그때 창백한 표정의 남자가 식은땀을 흘리며 환사분류소로 걸어 들어왔다. 50대 초반으로 보이는 남자는 오른손으로 왼쪽 어깨를 주무르고 있었다. 간호사는 환자를 이대충 앞의 의자에 앉히고 혈압과 맥박, 체온을 확인했다.

"혈압 100에 60, 맥박 수 60회, 체온 37.3도입니다."

간호사의 말에 이대충은 고개를 끄덕이며 환자에게 물었다.

"어디가 아프세요?"

환자는 식은땀을 뻘뻘 흘리며 약간 숨이 찬 듯 대답했다.

"그… 그게… 어제부터 왼쪽 어깨가 아파서…."

이대충은 대수롭지 않다는 듯 숨을 크게 내쉬며 시큰둥하게 말했다.

"어깨 아픈 것은 정형외과 외래에 가서야죠. 여기는 응급실입니다. 응급실!"

'우아, 역시 진짜 의사는 포스가 남다르구나' 생각하며 노빈손은 감탄했다. 그러나 나착한은 고개를 갸웃거리며 얼굴을 찡그렸다. 그때 갑자기 날카로운 목소리가 등 뒤에서 들렸다.

"이대충 선생! 당장 환자를 응급실 중환자 구역 침대로 옮겨. 나착한과 노빈손, 너희 둘은 당장 환자에게 심전도 검사를 시행해!"

경훈이었다. 그는 무서운 표정으로 이대충을 노려봤다. 단호했던 태도가 순식간에 허물어진 이대충은 허둥지둥 환자를 응급실 중환자 구역으로 옮겼다. 노빈손은 멍하게 있다가 빠른 걸음으로 나착한을 따라갔다. 나착한은 뾱뾱이가 잔뜩 달린 기계를 가져와

심전도 검사란, 심장의 전기적 움직임을 조사해서 심장에 병이 있는지 판단하는 검사입니다. 가장 기본적인 심장 검사예요.

환자의 가슴에 붙이고 팔과 다리에도 집게 같은 것을 채웠다. 그러고는 기계의 버튼을 누르자 규칙적인 곡선이 종이에 인쇄되어 나왔다. 처음 보는 신기한 광경에 노빈손은 넋을 잃었다.

"예상대로야…. 심장내과 당직의사 호출 부탁합니다."

종이에 그려진 곡선을 확인한 경훈은 간호사에게 말했다. 그리고 속사포처럼 말을 내뱉었다.

"엑스레이 촬영실에 연락해서 이동식 기계로 흉부 엑스레이를 시행하세요. 환자에게 아스피린과 플라빅스를 경구로 복용시키고 모르핀 5밀리그램을 정맥으로 투여하세요. 수액은 5퍼센트 포도당 500시시로 연결하고 기본 혈액검사를 처방합니다. 나착한 선생은 환자의 과거 질환과, 환자 가족에게 같은 질환이 있었는지 확인하고, 연락 가능한 보호자가 있는지도 검토하도록!"

간호사가 전화기를 건네주자 경훈은 한층 빠른 속도로 말했다.

"안녕하십니까, 응급의학과 경훈입니다. 50세 남자이고 내원 1일 전부터 왼쪽 어깨 통증을 호소했으며 식은땀과 호흡곤란이 있습니다. 응급실 도착 당시 혈압과 체온은 정상이고 의식 상태는 명료했으나, 심전도 검사 결과 급성 심근경색이 의심되어 당장 심혈관 조영술이 필요합니다."

통화를 마친 경훈은 간호사에게 전화기를 돌려주며 말했다.

"심장내과에서 준비되었다고 연락 오면 신속히 심혈관센터로 환

경구 복용이란, 근육주사나 정맥주사(흔히 '혈관주사'라고 부르죠)로 사람 몸에 약물을 투입하는 게 아니라, 입을 통해 약물을 투입하는 것을 뜻해요.

자를 옮기세요."

그러면서 경훈은 이대충, 나착한, 노빈손을 뚫어지게 바라봤다.

"나착한 선생, 이 환자를 정형외과 외래로 보내지 않는 이유를 알겠나?"

나착한은 이때를 기다렸다는 듯 자신 있게 말했다.

"네! 단순히 어깨 근육통이나 염좌였다면 창백한 표정으로 식은 땀을 흘리지 않았을 것입니다. 특히 왼쪽 어깨 통증은 심근경색에서 종종 나타나는 증상입니다."

경훈은 만족스러운 미소를 지었다. 그러나 이대충을 바라보면서 이내 미소는 사라졌다.

"이대충! 레지던트 3년 차가 오늘 근무를 시작한 응급실 인턴보다도 못하다니…. 환자분류소에 의사를 배치하는 이유는 이런 환자를 놓치지 않고 신속하게 진료하기 위해서야! 정형외과 외래로 보냈다면 심장마비로 쓰러졌을 수도 있어!"

이대충은 곧 울음을 터트릴 듯한 표정이 되었다. 그러나 경훈은 눈도 깜빡하지 않았다.

"뭘 잘했다고 울어? 지금 억울하다는 거야? 환자 진단도 제대로 못 해 놓고는, 지금 그게 무슨 태도야! 레지던트 3년 차씩이나 되면서 대충대충 일해서 재앙을 만들 뻔하고서는 억울하다고?"

노빈손은 이대충이 불쌍해졌다. 이대충이 실수하긴 했으나 환자

심근경색이란, 심장에 산소와 영양분을 공급하는 혈관인 '관상동맥'이 막히는 질환이에요. 신속히 치료하지 않으면 사망 위험이 아주 높아지지요.

가 잘못되지는 않았다. 경훈이 다행히 늦지 않게 개입해서 잘못된 진단을 피했으니 이렇게까지 야단칠 필요는 없지 않나 싶었다. 의사라고 해서 항상 완벽할 수는 없을 텐데, 무섭게 몰아세우는 경훈이 너무 가혹해 보였다. 그때 나착한이 노빈손에게 나직하게 말을 건넸다.

"역시 닥터K는 대단해. 그렇지 않아?"

그제야 노빈손은 닥터K가 경훈의 별명이라는 것을 깨달았다.

 ## 배추머리 박영웅

"이제 그만 따라다녀. 혼자서도 일할 줄 알아야지."

나착한은 짜증 섞인 목소리로 말했다. 지난 며칠 동안 노빈손이 나착한만 졸졸 따라다녔기 때문이다. 같은 응급실 인턴이라기보다 나착한의 조수에 가까웠는데, 노빈손이 사소한 실수를 저지를 때마다 그 꾸중도 나착한이 들어야 했다.

"미안. 아직 익숙하지 않아서…."

그러면서 노빈손은 지난 며칠을 떠올렸다. 낮 근무 시작은 오전 9시인데, 준비 시간을 감안하면 8시에는 응급실에 도착해야 한다. 오전 9시에 정식으로 근무를 시작하면 오후 9시까지 쉬지 않고 일한다. 아픈 사람이 이렇게 많았나 싶을 만큼 응급실을 찾는 환자가 많기 때문이다.

식사 시간에도 환자는 넘쳐 난다. 컵라면 먹을 여유도 없어서 초코바 하나로 때울 때가 많다. 그러다가 기다리고 기다리던 오후 9시가 되면 근무가 끝난다. 그러나 제시간에 응급실을 벗어나는 경우는 드물다. 이리저리 환자를 인계하고 근무를 정리하면 오후 10시가 훌쩍 넘고, 인턴 숙소에 가면 피곤이 몰려와 아무것도 할 수 없다.

어떻게 잠들었는지도 모르게 쓰러져 잠들면 다음 날 오전 7시, 일어나야 할 시간이다. 더구나 일하는 내내 닥터K가 감시하고 야단친다. 첫날 이대충이 야단맞을 때만 해도 그저 가혹하다 생각했는데, 지내면서 보니 닥터K는 가혹한 것이 아니라 악랄했다. '노빈손 선생! 정신 차려!'라며 화난 표정으로 소리 지르는 모습은 꿈에서도 노빈손을 괴롭혔다.

갑자기 노빈손의 등 뒤에서 웬 목소리가 들렸다.

"자네가 노빈손 선생인가?"

돌아보니 40대 중반으로 보이는 남자가 서 있었다. 그도 청진기를 목에 걸고 있었으나, 검푸른 옷을 입은 닥터K나 이대충과 달리, 셔츠에 넥타이를 매고 하얀 의사 가운을 입었다. 크지 않은 키, 뽀글뽀글한 배추머리에, 동그란 안경을 쓰고 있었다. 코 옆에는 조그마한 점이 있어 재미있고 친근한 인상이었다.

"넵! 응급실 인턴 노빈손입니다!"

긴장한 노빈손은 군인처럼 대답했다. 그러자 남자는 인자하게 웃으며 말했다.

"하하하, 우리 인턴 선생님이 잔뜩 긴장했군요. 나한테는 그럴 필요 없어요. 경훈 선생이 다 좋은데, 너무 거칠죠? 나는 응급의학과 교수 박영웅이라고 해요."

박영웅의 온화한 모습에 노빈손은 안도했고 긴장이 풀렸다. '그래, 좋은 의사라면 이래야지'라고 마음속으로 중얼거렸다.

"오늘은 노빈손 선생이 나를 좀 도와주었으면 해요."

박영웅은 우아하고 품위 있게 말했고, 노빈손은 "넵!" 하고 힘차게 대답했다.

"그럼, 이동식 초음파 진단기를 가지고 나를 따라와요."

노빈손도 지난 며칠 동안 얻은 경험으로 심전도 기계와 초음파 기계는 구별할 수 있었다. 노빈손은 초음파 기계를 가지고 박영웅 교수를 따라다니기 시작했다. 박영웅은 여유롭고 온화한 태도로 환자 명단을 보면서 환자들에게 향했다.

"오, 이 환자가 좋겠어요. 폐렴 환자군요."

박영웅은 중년 남성 환자 앞에 멈추었다. 그는 노빈손에게 커튼을 치고 환자의 상의를 벗기라고 지시했다.

초음파 진단기란, 아주 높은 주파수의 음파를 활용해 몸속을 검사하는 기계입니다. 초음파 진단기는 몸속 장기들의 모습을 영상으로 표시해 주는데요, 의사들은 그걸 보고 환자의 질환을 짐작해 볼 수 있어요.

"저는 응급의학과 박영웅 교수입니다. 폐렴으로 진단되어 호흡기내과로 입원 계획이 확정되었습니다만, 혹 간이나 쓸개에 염증이 있을 수도 있어요. 그래서 초음파 검사를 시행하고자 합니다."

조금 놀랐던 환자는 박영웅의 말에 안심했다. 아주 고맙다는 듯 환하게 웃으며 박영웅 교수의 지시에 따랐다.

"자, 숨을 크게 들이마셔서 배를 볼록하게 만드세요. 네, 그렇죠. 잘하고 있습니다."

박영웅은 기계에 달린 막대기처럼 생긴 도구로 환자의 배를 문질렀다. 그러자 신기하게도 기계의 화면에 영상이 나타났다. 박영웅은 이마를 조금 찌푸려 가며 진지하게 환자의 배 구석구석을 막대기처럼 생긴 도구로 문질렀다.

"다행입니다! 간과 쓸개에는 전혀 이상이 없군요. 그러니 폐렴만 있는 것이 확실합니다!"

박영웅의 말에 환자는 활짝 웃으며 고개를 꾸벅꾸벅 숙여 인사했다.

"아이고, 교수님께서 직접 초음파 검사도 해 주시고…. 정말 감사합니다!"

박영웅 역시 고개를 숙이며 인사했다.

"아닙니다. 당연히 해야 할 일을 했을 뿐입니다. 그럼 입원해서 치료 잘 받으세요."

폐렴이란 폐에 염증이 생기는 질환으로, 일반적으로는 감염이 그 원인이에요. 감염의 종류에 따라 세균성, 바이러스성, 결핵성 폐렴으로 분류됩니다. 드물게 독성 화학약품으로 인한 화학성 폐렴이 발생하기도 해요.

박영웅은 가볍게 미소를 지으며 여전히 온화하고 여유로운 태도로 말했다. 그러면서 가슴을 쭉 펴고 당당한 자세를 취하는 그의 모습에 노빈손은 덩달아 뿌듯했다. 노빈손은 고개를 끄덕이며 '이런 보람이 의사의 행복이구나' 하고 생각했다. 의사와 환자의 관계가 어떤 것인지, 의사란 직업이 주는 보람이 무엇인지 어렴풋이 알 듯했다. 그때 박영웅이 말했다.

"노빈손 선생, 초음파 검사 비용을 청구하는 것을 잊지 마세요."

환자에게서 멀어지자 박영웅은 싱긋 웃으며 말했다. 특히 '검사 비용'이란 단어를 힘주어 말했다. 갑작스러운 지시에 노빈손은 눈을 껌뻑이면서 박영웅을 바라보았다. 그는 미처 몰랐다는 듯 안경테를 고쳐 잡으며 말했다.

"아, 아직 인턴 선생님이라 어색하겠군요. 우리가 전문 지식을 이용해서 환자를 진료하고 불안을 덜어 주었으니 정당한 대가를 받는 것은 당연해요. 이런 것이야말로 인턴 선생님이 꼭 배워야 하는 일입니다. 지금부터 내가 초음파 검사를 하면, 노빈손 선생은 그에 대한 검사 비용 청구를 담당하세요."

박영웅의 말에 노빈손은 아주 중요한 것을 배운 기분이었다. 그리고 박영웅 교수 같은 훌륭한 의사를 도울 수 있어 기분이 좋았다. 그 후 몇 시간 동안이나 노빈손은 박영웅과 함께 응급실을 돌아다니면서 환자들에게 초음파 검사를 시행했다.

폐렴이나 뇌경색으로 진단받고 응급실 치료가 마무리되어 입원
이 예정된 환자들에게, 박영웅은 간과 쓸개를 검사하는 초음파 검
사를 시행했다. 결과는 모두 정상이었다. 박영웅이 "다행히 간과
쓸개는 정상입니다"라고 할 때마다 환자들은 안심하며 기뻐했다.
지켜보는 노빈손도 행복했다.

　　그때 구급차의 요란한 사이렌 소리가 들렸다. 곧이어 응급실 정문이 열리고 다급한 걸음 소리와 함께, 환자를 실은 이동식 침대가 환자분류소로 들어왔다. 환자분류소에서 조금 떨어진 곳에 있는 박영웅과 노빈손도, 산소마스크를 쓰고도 심하게 헐떡이는 환자의 모습을 볼 수 있었다. 환자를 이송하며 함께 응급실에 도착한 의사도 눈에 띄었다. 그는 노빈손과 똑같은 복장이었는데, 멀리서도 그의 다급함과 긴장이 느껴졌다. 환자분류소 주변은 순식간에 분주해졌다.

　　"분원에서 왔습니다, 어서 환자를 봐 주세요!"

　　환자를 이송해 온 의사가 외쳤다. 노빈손은 자신도 모르게 환자분류소 쪽으로 몸을 돌렸다. 그러나 박영웅은 담담하게 말했다.

　　"괜찮아요. 환자분류소에는 이대충 선생이 있으니 우리는 우리 일에 집중합시다."

　　'오오, 역시! 훌륭한 의사는 어떤 상황에서도 침착함을 잃지 않는군!' 노빈손은 감탄했다. 그런데 잠시 후 환자분류소에 있던 이대충이 헐레벌떡 뛰어왔다.

　　"교수님, 교수님! 분원에서 보내 온 환자인데 좀 봐 주셔야 할 듯합니다."

분원이란, 본 병원에서 좀 떨어진 지역에 따로 차려 낸 병원을 뜻해요. 본 병원에서 거리가 좀 멀어 환자가 오가기 힘든 곳에 내기도 하고, 새로 사람이 많이 살게 된 지역에 내기도 합니다.

크게 당황한 듯 이대충의 동그란 얼굴이 붉게 달아올라 있었다. 박영웅은 안경을 고쳐 쓰고는 침착함을 잃지 않은 채 천천히 환자 분류소로 향했다. 노빈손도 뒤를 따랐다. 이동식 침대에 누워 있는 환자는 할머니였다. 환자가 고통에 몸부림치며 숨을 내쉴 때마다 그르렁거리는 소리가 들렸다. 박영웅은 이대충으로부터 '진료의 뢰서'라고 적힌 종이를 건네받았다. 그는 습관처럼 안경을 고쳐 잡고서는 미간을 찌푸리며 진료의뢰서의 내용을 읽었다.

"흠. 이거 참."

진료의뢰서를 읽던 박영웅은 환자를 응급실 중환자 구역으로 데려가라고 손짓하며 말했다.

"이대충 선생! 환자에게 산소를 비강으로 분당 2리터 투여하고, 모든 혈액검사를 시행하고, 심전도를 찍고, 흉부 엑스레이도 찍게 나. 모든 결과가 나오면 그때 추후 계획을 세우도록 하지!"

이대충은 "네, 알겠습니다" 하고 대답하며 응급구조사들과 함께 환자를 중환자 구역으로 옮겼다. 박영웅은 노빈손을 돌아보며 말했다.

"자, 노빈손 선생. 중환자를 볼 때 가장 중요한 것은 성급하게 굴지 않은 것이에요. 환자가 고통스러워 보이거나 호흡곤란 증세를 보인다고 해서 함부로 인공호흡기 같은 것을 달아서는 안 되지요. 항상 침착하게 모든 검사를 시행하고 계획을 신중히 세운 다음에

'비강'이란 코와 그 주변 공간을 뜻해요. 여기서 '산소를 비강으로 투여하라'는 말은, 환자의 콧구멍에 짧은 플라스틱 관을 연결해서 폐에 산소를 넣어 주라는 뜻이죠.

움직여야 합니다. 알겠지요?"

노빈손은 '박영웅 교수님은 정말 훌륭한 의사인가 봐'라고 생각했다. 그때 나착한이 고개를 갸웃거리며 노빈손에게 다가왔다.

"환자가 숨을 제대로 쉬지 못하는데 그냥 보고만 있는 거야?"

나착한은 의아한 표정으로 말했다. 노빈손은 그것도 모르냐는 듯 으쓱대며 대답했다.

"중환자를 볼 때 가장 중요한 것은 성급하게 굴지 않아야 한다는 거야. 환자가 고통스러워하거나 호흡곤란이 있다고 해서 섣불리 인공호흡기 같은 것을 다는 의사는 풋내기지. 침착하게 모든 검사를 시행하고 그 결과를 본 후에 계획을 세우는 것이 중환자 치료의 기본이야."

노빈손은 박영웅이 한 말 그대로 나착한에게 말했다. 나착한이 감탄한 표정으로 자기를 바라보길 기대하면서. 그러나 나착한은 더 의아하다는 표정으로 말했다.

"그러다가 환자가 사망하면 어떡해? 그렇게 많은 검사 결과를 모두 확인하려면 몇 시간이 걸릴지도 모르는데, 그동안 환자가 나빠지거나 사망하면 어떡해?"

노빈손은 말문이 막혔다. 대답할 만한 얘기가 떠오르지 않았다. 노빈손이 전전긍긍하는 사이, 나착한은 휴대전화를 꺼내 들었다.

"아무래도 닥터K에게 연락해 보는 게 좋겠어."

 **폐 속의 숯가루**

5분도 지나지 않아 닥터K가 응급실에 나타났다. 쉬는 날이었으나 나착한의 전화를 받고 숙소에서 달려온 듯했다. 그는 바로 중환자 구역으로 향했다. 빡빡머리에 덩치 큰 닥터K가 성큼성큼 걸어오는 모습이 마치 상대에게 돌진하는 레슬링 선수 같아 보여 노빈손은 조금 무서웠다. 환자에게 도착하자마자 닥터K는 청진기로 환자의 호흡 소리를 확인하고 모니터에 표시된 수치를 살폈다. 그러고는 간호사들에게 말했다.

"지금 당장 인공호흡기 치료를 시작해야 합니다. 기관내삽관 준비해 주세요."

간호사들이 재빨리 필요한 도구와 인공호흡기를 준비해 달려왔다. 닥터K는 환자에게 다가가 크게 말했다.

"할머니, 지금 폐가 많이 안 좋아요. 기계가 도와주지 않으면 숨을 제대로 쉬지 못하실 것 같아요. 인공호흡기 치료란 것을 시작할텐데요, 이게 조금 힘드니까 그동안 할머니를 주무시게 할 거예요. 아시겠죠?"

닥터K는 환자에게서 조금 떨어진 곳으로 가족들을 불러 모으고는, 진지하고 침착한 표정으로 말했다.

"할머니는 지금 심각한 폐렴에 걸렸습니다. 보통 폐렴은 세균 감

  기관내삽관이란, 환자에게 인공호흡기를 연결하기 위해 기다란 플라스틱 관을 입에 넣고 폐까지 밀어 넣는 시술이에요.

염이 원인인데, 할머니의 경우는 이물질이 폐로 들어가서 생기는 흡인성 폐렴 같습니다. 세균 감염으로 인한 폐렴보다 예후가 좋지 않지요. 의사들은 어려운 말을 좋아해서 예후가 좋지 않다고 얘기합니다만, 쉽게 얘기하면 회복하지 못하고 돌아가실 가능성이 높다는 뜻입니다. 이미 혼자서는 숨을 쉴 수 없을 만큼 폐 상태가 좋지 않아 기계의 도움을 받아야만 합니다. 인공호흡기 치료를 시작하겠습니다."

가족들의 눈시울이 붉어졌다. 그러나 닥터K의 표정에는 변화가 없었다. '가족들에게 부드러운 표정으로 따뜻한 말 한마디 건넬 법도 한데…' 노빈손은 닥터K가 역시 독하다고 생각했다.

닥터K는 환자에게 진정제를 투여했다. 환자가 잠들자 간호사에게 후두경을 넘겨받아 환자의 머리맡에 섰다. 오른손에 든 후두경을 환자의 입에 밀어 넣으며 닥터K가 간호사에게 말했다.

"튜브를 주세요."

간호사가 플라스틱 튜브를 건네주자, 닥터K는 그걸 왼손에 들고 환자의 목구멍 안으로 밀어 넣었다.

"기관내삽관 성공했습니다. 튜브를 고정하고 인공호흡기를 연결합시다."

닥터K는 능숙하게 인공호흡기를 연결했다. 고통에 몸부림칠 정도로 헐떡거리던 환자의 호흡이 조금 편해졌다. 그런데 곧 튜브를

앞서 본 '기관내삽관' 기억하죠? 후두경이란, 그걸 할 때 사용하는 도구입니다. 입 속 깊숙한 곳을 볼 수 있게 해 주는 거울인데요, 이걸 사용해야 플라스틱 관이 식도가 아닌 기도로 잘 들어가게 된답니다.

통해 검고 끈끈한 액체가 조금씩 올라왔다. 닥터K는 잔뜩 찌푸린 표정을 지었다. 노빈손도 깜짝 놀랐다. 사람의 폐에 있으리라고 상상할 수 없는 물질이기 때문이었다.

"흡입기 준비하세요."

간호사는 벽에 설치된 펌프에 가느다란 관을 연결했다. 닥터K는 잠깐 인공호흡기의 연결 부위를 열고 가느다란 관을 환자의 목 구멍에 삽입된 튜브 안으로 밀어 넣었다. 그리고 펌프를 작동시키자 아스팔트 찌꺼기 같은 액체가 올라왔다. 닥터K는 10초에서 15초 정도 펌프를 작동시킨 후 다시 인공호흡기를 연결했다. 곧 닥터K의 표정이 아주 어두워졌다. 긴 한숨을 내쉬기까지 했다. 가족들이 깜짝 놀란 표정을 지으며 다가왔다.

"선생님, 그, 그게 뭐죠? 사람의 폐에서 그런 게 나와도 되는 겁니까?"

환자의 가족들은 울먹이면서 물었다. 잠깐 말이 없던 닥터K는 숨을 크게 내쉬며 말했다.

"아닙니다. 사람의 폐에서는 나올 수 없는 물질입니다. 활성탄, 즉 숯가루니까요."

가족들은 더욱 놀란 표정이 되었다.

"아니, 선생님! 어떻게 숯가루가 폐에 들어갈 수 있습니까? 어머니는 실수로 농약을 마셨을 뿐인데요. 그리고 처음 간 병원의 의사 선생님이 독하지 않은 농약이라 생명에 지장 없다 했는데….”

닥터K의 표정은 점점 어두워져 얼굴 없는 사람처럼 보였다. 그는 고민 끝에 천천히 입을 열었다.

“의료용 활성탄, 쉽게 말해 숯가루는, 농약 같은 독성 물질을 먹었을 때 우선적으로 투여하는 해독제예요. 숯가루가 독성 물질을 흡수해서 사람의 몸에 퍼지는 것을 막아 줍니다. 환자가 농약을 마셨으니 당연히 숯가루를 투여했을 것입니다.”

그 말에 가족들 중 한 명이 갑자기 기억났다는 듯 소리쳤다.

“맞아요! 처음 간 병원 응급실에서 숯가루 같은 것을 물에 풀어서 저에게 주고 어머니께 먹이라고 했습니다. 어머니가 잘 마시지 못해서 토했는데 강제로라도 먹이라고 해서 억지로 먹였어요!”

그 말을 듣자 닥터K의 눈썹이 꿈틀거리고 입술이 실룩거렸다. 닥터K에게 자주 야단맞았던 노빈손은, 그가 화났을 때 보이는 표정 변화임을 바로 알아챘다.

“아니, 정말 보호자에게 먹이라고 했단 말입니까? 환자가 토하니 강제로 먹이라고 했다고요?”

닥터K의 목소리에서는 분노가 느껴졌다.

“선생님, 그럼 그게 보호자가 하는 일이 아니었단 말입니까? 뭐가 어떻게 되는 거죠? 독하지 않은 농약이라 생명에는 지장 없다 했는데 갑자기 숨을 쉬지 못하니 큰 병원으로 가라고 하고, 여기

와서도 아까 교수님은 좀 지켜보자고 했는데 선생님은 갑자기 인공호흡기를 연결하고…. 우리는 뭐가 어떻게 되는 건지 아무것도 모르겠어요. 우리 어머니 돌아가시면 어떡해요!"

가족들은 울먹거리며 절규했다. 닥터K는 어두운 표정으로 울부짖는 가족들을 바라보다가 결심한 듯 천천히 입을 열었다.

"환자가 마신 농약은 다행히도 저독성이 맞습니다. 며칠 지켜볼 필요가 있으나 대부분 생명에는 지장이 없습니다. 근데 환자에게 먹인 활성탄은 독성 물질을 섭취했을 때 아주 효과적인 해독제이지만, 기관지로 들어가면 아주 심한 폐렴을 일으킵니다. 흡인성 폐렴뿐 아니라 화학반응도 무시무시하게 일으킵니다. 그래서 활성탄을 투여할 때는 기관지로 넘어가지 않도록 주의해야 합니다."

닥터K는 잠시 숨을 고르고 말을 이었다.

"의료진이 해야 하고, 환자의 의식이 좋지 않으면 코를 통해 위까지 직접 튜브를 연결해 안전하게 투여해야 합니다. 그런데 토하는 환자에게 강제로 활성탄을 먹이는 과정에서 기관지로 활성탄이 넘어가서 심각한 폐렴이 발생했습니다. 최선을 다해 치료하겠습니다만 회복된다고 장담할 수 없습니다. 환자는 사망할 가능성이 높습니다."

가족들 가운데 몇몇은 다리에 힘이 풀려 응급실 바닥에 주저앉았다. 나머지 가족들의 얼굴에도 눈물이 흘러내렸다. 노빈손은 당황했다. 환자가 죽는다니! 그것도 병원의 실수로 죽을 수도 있다 니! 그리고 그런 말을 있는 그대로 내뱉는 닥터K를 이해하기 힘들 었다. 부드럽게 말할 수도 있을 텐데 그렇게까지 곧이곧대로 얘기 해야 할까. 그때 이대충이 나타났다. 조심스럽게 닥터K에게 다가간 그는 작은 목소리로 몇 마디 속삭였다. 닥터K는 화난 표정으로 이 대충을 노려보고 보호자들에게 조용히 말했다.

"인공호흡기 치료를 시작했고 치료에 필요한 약물도 처방했습니 다. 이제 지켜보는 수밖에 없습니다. 앞으로 하루 이틀이 고비가 될 겁니다."

그러고는 이대충을 따라 응급실을 나섰다. 노빈손은 호기심에 그들을 따라갔다.

 ## 박빌런과 상한 달걀

노빈손이 도착한 곳은 작은 회의실 앞이었다. 문 밖으로 새어 나 오는 목소리로 미루어 보니, 닥터K와 이대충뿐 아니라 박영웅도 있는 듯했다. 노빈손은 들키지 않게 몰래 문에 귀를 가져다 댔다.

"경훈 선생, 보호자들에게 그런 식으로 말하는 건 좀 아닌 것 같군요."

박영웅은 여전히 차분했다. 그러나 닥터K는 그렇지 않았다.

"그럼 뭐라고 얘기합니까? 사람의 폐에는 원래 숯가루가 있다고 얘기할까요? 그럼 사람의 귓구멍에서는 토끼가 나오겠네요. 돈 내고 마술을 볼 필요도 없겠군요!"

닥터K의 고성에도 박영웅은 언성을 높이지 않았다.

"그런 말이 아니라, 사람은 누구나 실수를 한다는 거예요. 의사라고 다르지 않아요. 동료의 잘못을 그렇게까지 얘기할 필요는 없잖아요. 더구나 다른 병원도 아니고 우리 연남대병원의 분원이에요. 여기가 본사라면 거기는 지점 같은 곳이죠. 지점의 잘못을 본사가 감싸 주고 본사의 잘못은 지점이 덮어 주어야죠. 이것은 병원뿐 아니라 어디서든 다 하는 일이에요. 그러지 않으면 세상은 돌아가지 않아요."

그러자 주먹으로 책상을 내리치는 소리가 들렸다.

"그걸 말이라고 하십니까? 의료진이 해야 할 활성탄 투여를 보호자에게 시켜서 환자를 죽음의 위기를 몰아넣은 녀석들을 감싸 주라고요? 그게 교수란 사람이 입에 담을 말입니까!"

노빈손은 큰일 났다고 생각했다. 온화하고 인자한 박영웅 교수도 이번에는 참지 않으리라 생각한 것이다. 그러나 박영웅은 화내지 않았다.

"그런 말이 아니에요. 경훈 선생은 히포크라테스 선서를 하지 않

히포크라테스는 '의학의 시조'로 추앙 받는 고대 그리스의 의사예요. '히포크라테스 선서'는 고대 그리스 의사들이 했던 선서로, "환자에게 해를 끼치지 않겠노라"라는 유명한 문구는 지금도 널리 사용되죠. 먼 옛날의 선서라 오늘날의 현실에 맞지 않는 부분도 있지만, 여전히 '의사가 지켜야 할 의무와 명예'의 상징으로 통해요.

았나요? 거기 보면 스승을 아버지처럼, 동료를 형제처럼 여기라는 구절이 있잖아요. 나는 그 얘기를 하는 거에요. 지금 경훈 선생의 행동이 아버지와 형제에게 할 수 있는 것인가요? 스스로 돌이켜 보세요."

그러자 닥터K가 어이없다는 듯 웃음을 터트렸다.

"그 히포크라테스 선서에 말입니다. 환자에게 해를 끼치면 안 된다, 환자의 생명을 무엇보다 소중히 여기겠다는 항목도 있습니다. 아시겠습니까?"

박영웅은 여전히 온화한 목소리로 말했다.

"내가 경훈 선생의 앞날을 생각해서 하는 말이에요. 갈대와 소나무를 봐요. 거센 폭풍이 오면 소나무는 버티다가 결국 부러지지만 갈대는 유연해서 부러지지 않고 살아남죠. 경훈 선생도 이제 전문의예요. 소나무처럼 폭풍과 맞서려는 태도는 위험해요. 내 제자라서 특별히 생각해서 해 주는 얘기입니다."

그러나 닥터K는 한층 거친 목소리로 대답했다.

"교수님도 뭘 모르시네요. 갈대는 풀입니다. 한두 해밖에 살지 못하죠. 소나무는 수십 년을 삽니다. 갈대는 폭풍이 올 때마다 이리저리 흔들리며 누워 대니 몇 년 만에 시들지만 소나무는 폭풍에도 맞서니 수십 년을 사는 겁니다. 아시겠습니까!"

의자 들썩이는 소리에 이어, 누군가 문으로 다가오는 소리가 들렸다. 노빈손은 움찔했으나, 닥터K가 문을 여는 속도가 너무 빨라 피하지 못했다. 문에 귀를 대고 있던 노빈손은 뒤로 벌러덩 넘어졌다. 닥터K는 넘어진 노빈손을 발견하고는 말했다.

"이봐, 노빈손! 너도 저 배추머리 박빌런 교수와 상한 달걀 같은 레지던트 녀석을 따라다니면 똑같이 되는 거야!"

노빈손은 닥터K의 말을 이해할 수 없었다. 박영웅을 배추머리, 이대충을 상한 달걀이라 부른 것에는 킥킥 웃음이 나왔다. 그렇지만 닥터K의 무례하고 거친 태도를 도저히 이해할 수 없었다. '박영웅 교수를 왜 박빌런이라 불렀을까?' 고개를 갸웃거리며 응급실로 돌아오던 노빈손은 나착한과 마주쳤다. 노빈손은 조심스레 입을 열었다.

"저기, 박영웅 교수님 말야…."

노빈손의 말에 나착한은 조금 쌀쌀맞은 표정으로 바라보았다. 노빈손은 움찔했지만 곧 말을 이었다.

"닥터K가 박영웅 교수님 성함을 영웅이라 부르지 않고 빌런이라 부르던데, 혹시 이유를 알아?"

나착한은 그것도 모르냐는 듯한 표정으로 대답했다.

"뇌경색이나 폐렴으로 진단이 끝난 환자의 간과 쓸개를 굳이 초음파로 검사해서 진료비를 청구하니까 당연히 악당이지, 악당! 영어로 빌런(Villain)."

'아, 빌런이 그런 뜻이구나. 그런데 왜 박영웅 교수님이 악당이지?' 노빈손은 도무지 이해할 수 없었다. '폐렴이나 뇌경색 환자에게 초음파 검사를 해서 간과 쓸개에 이상 없음을 확인하는 게 악당으로 불릴 만큼 나쁜 행동인가?'

대혼란의 현장, 환자분류소

응급실도 늘 바쁘지는 않았다. 노빈손이 저녁 9시부터 시작하는 밤 근무를 위해 응급실에 들어섰을 때도 그랬다. 평소와 달리 여기저기 비어 있는 침대가 보였다. '오늘은 계속 이랬으면 좋겠어'라고 생각하며 노빈손은 잠깐 멍하니 있었다.

그때 닥터K가 나타났다. 노빈손은 깜짝 놀라 벌떡 일어났다. 딱히 잘못한 일은 없었으나, 노빈손은 처음부터 닥터K가 무서웠고 며칠 전 회의실에서의 대화를 엿들은 후부터는 더욱 그랬다. 그래서 자기도 모르게 긴장할 수밖에 없었다.

"뭐야, 괴물이라도 나타났어?"

닥터K가 재미있다는 듯한 표정으로 말했다. 그러고는 손에 든 꾸러미를 내려놓았다. 커피였다. 응급실에 일하는 인턴과 간호사, 응급구조사 숫자에 맞추어 커피를 사 온 것이었다.

응급구조사는 주로 병원 밖 현장에서 응급환자를 구조하고 병원으로 옮기는 일을 하는데요, 병원 안의 응급실에서 근무하며 환자의 응급처치를 맡는 경우도 있습니다.

"미리 마셔 두는 게 좋을 거야."

노빈손은 '에이, 핫초코나 사 오시지…' 하고 작게 중얼거렸다.

"뭐라는 거야? 커피 싫어? 안 마셨다간 나중에 졸 텐데…."

난데없이 미소 띤 얼굴로 말하는 닥터K의 친근한 말투에 소름이 돋은 노빈손은, 저도 모르게 속엣말이 입 밖으로 튀어나왔다.

"에이, 좀 물어보고 사 오시지 그랬어요. 커피는 쓰기만 하고 맛도 없는데…."

"뭐라고? 커피가 맛이 없다고?!"

"아, 아, 아니에요! 커피 좋아합니다! 서, 선생님은 커피 어떻게 드시나요?"

닥터K는 뜬금없다는 듯 피식 웃었다.

"물론 에스프레소지. 에스프레소에 에스프레소에 에스프레소에 에스프레소를 섞어 마시는 거야. 이래야 진짜 커피라고 할 수 있지. 초강력 울트라 카페인!"

노빈손은 자신도 모르게 얼굴이 찌푸려졌다. '에스프레소라니! 아메리카노도 쓴데, 독약처럼 쓴 에스프레소를 한 잔도 아니고 네 잔을 한 번에 모아서 마신다니! 역시 이 사람은 악당이 틀림없어.' 인상 쓴 채 서 있던 노빈손은, 혹시 닥터K에게 속마음을 들키지 않았을지 다시 걱정이 몰려왔다. 그때 전화가 요란하게 울렸다. 노빈손은 기다렸다는 듯이 냉큼 전화기를 들었다.

"연남대학교병원 응급실 인턴 노빈손입니다."

전화기 너머에서는 다급한 목소리가 흘러나왔다.

"119 상황실입니다. 대형버스 전복 사고로 환자가 대량 발생했습니다. 연남대학교병원으로 10명이 이송되고 있습니다. 현장에서 환자 분류는 가능하지 않았습니다."

깜짝 놀란 노빈손은 얼떨결에 전화를 끊었다. 그런 노빈손을 지켜보던 닥터K가 물었다.

"노빈손 선생, 무슨 전화야?"

노빈손은 정확한 통화 내용이 떠오르지 않아 얼버무리며 대답했다.

"그게, 저기요. 그러니까 대형버스 사고라는데요."

닥터K의 눈이 커졌다.

"그러니까, 환자 10명이 이송되고 있다고…."

노빈손은 정확한 통화 내용을 물으면 어떡하나 걱정했으나 닥터K는 그런 사항에 관심이 없는 듯했다. 그는 큰 소리로 응급실 전체에 들리게 소리쳤다.

"대형 교통사고로 환자 10명이 이송 중입니다. 경중 환자에 대한 치료는 당장 보류하고 모든 인력은 환자를 받을 준비를 하세요. 심폐소생술을 시행할 수 있는 준비를 갖추고, 수액과 외상키트를 충분히 준비하고, 응급실 중환자 구역을 정리합니다. 응급실에 곧 중

외상키트는 외상 환자의 응급처치에 필요한 의료 기기와 주사제를 모아 둔 상자예요.
병원마다 그 구성물은 조금씩 다를 수 있습니다.

중 외상 환자가 도착할 가능성이 있음을 신경외과, 흉부외과, 일반외과, 정형외과에 알리세요. 나착한, 노빈손, 이대충 선생은 나와 함께 환자분류소에 대기한다."

노빈손의 가슴이 쿵쾅거리기 시작했다. 당장 쓰러질 것처럼 어질어질했다. '저도요?'라고 묻고 싶었으나 차마 입술이 떨어지지 않았다. 그런 노빈손의 마음을 알아챘는지 나착한이 다가와 조용히 속삭였다.

"교과서에서 배운 것 잊지 않았지? 검정, 빨강, 노랑, 녹색 말야."

검정, 빨강, 노랑, 녹색? 노빈손은 당연히 눈만 껌뻑일 수밖에 없었다. 나착한은 그럴 줄 알았다는 듯 한숨을 내쉬고 빠르게 알려주었다.

"검정은 회복 가능성 없는 환자, 빨강은 서둘러 치료하면 살 수 있는 중환자, 노랑은 치료가 필요하나 한두 시간 후에 해도 괜찮은 환자, 녹색은 가장 늦게 치료해도 괜찮은 환자야. 너, 이것도 모르면서 의사 시험에는 어떻게 합격했어?"

그 말에 노빈손은 "의사 시험을 치르지 않았으니까"라고 중얼거렸으나 나착한은 듣지 못했다. 곧 구급차가 속속 도착했다.

노빈손이 지금껏 보지 못
한 무시무시한 장면이 펼쳐
졌다. 연거푸 도착한 7대의
구급차에서 10명의 환자가
내렸다. 7명은 이동식 침대
에 실렸고 3명은 스스로 걸어서
내렸다. 이동식 침대에 누운 사람이나 걸
어서 내린 사람이나 모두 피투성이였다. 환
자들의 신음, 구급대원의 말소리, 그리고 곧이어 도착한
경찰들의 얘기로 노빈손은 정신을 차릴 수 없었다.

'정신 차려야 해! 언제까지나 닥터K에게 무시당할 수는 없어. 이
제 혼나는 것도 지겹다고!'

노빈손은 크게 심호흡을 했다. 그러고는 방금 구급차에서 내린,
얼굴에 피를 철철 흘리는 환자에게 다가갔다.

"여기 급한 환자가 있어요!"

노빈손은 크게 소리쳤고, 순간 모두의 시선이 그리로 쏠렸다. 닥
터K가 짧게 한숨을 내쉬며 성큼성큼 다가왔다. 환자의 혈압과 맥
박을 확인하고 환자의 눈에 불빛을 비추었다. 머리부터 가슴, 배,
다리, 허리까지 손으로 두드려 가며 통증 여부를 확인했고, 청진기
로 호흡 소리를 들었다. 금세 진찰을 마친 닥터K는 노빈손에게 화

난 얼굴로 말했다.

"노빈손 선생! 녹색 환자잖아! 오른쪽 눈 주변이 찢어졌을 뿐이야! 녹색이라고, 녹색! 어서 녹색 구역으로 옮겨!"

노빈손은 잔뜩 풀 죽은 표정으로 환자를 녹색 구역으로 데려갔다. 그러고 보니 녹색 구역은 얼굴이 찢어진 환자, 팔과 다리에 가벼운 찰과상을 입은 환자들로 가득했다. 머쓱해진 노빈손은 환자 분류소로 돌아오며 "두고 봐, 이번에는 진짜 제대로 할 거야"라고 중얼거렸다. 그때 이동식 침대에 누워 있는 환자가 눈에 들어왔다. 환자의 팔과 다리는 침대 밖으로 축 늘어져 있었다. 심상치 않은 느낌에 환자에게 뛰어간 노빈손은 양손으로 환자를 흔들었다.

"이, 이보세요. 여기가 어딘지 알겠어요?"

그러나 환자는 아무런 반응이 없었다. 노빈손이 흔들 때마다 침대 밖으로 늘어진 팔과 다리가 흐느적거릴 뿐이었다. 환자의 가슴까지 덮여 있는 담요를 걷자 참혹한 상처가 드러났다. 노빈손은 환자의 목과 사타구니에 손을 가져

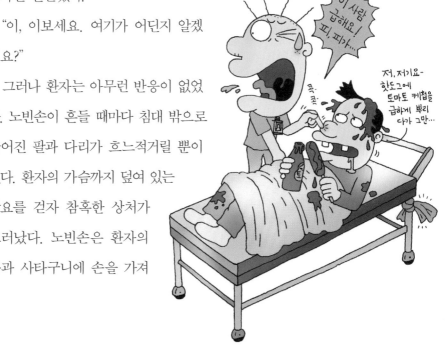

이 사람 급해요! 피, 피가...

저, 저기요-핫도그에 토마토 케첩을 급하게 뿌리다가 그만...

47

다 댔으나 아무것도 느껴지지 않았다. 환자는 맥박이 없었다. 심폐소생술이 필요한 상태였다.

"여기요! 큰일 났어요!"

노빈손은 크게 외쳤으나, 이미 담당 환자를 돌보느라 바쁜 의료진들은 관심을 보이지 않았다. 노빈손은 순간 화가 났다. 이런 중환자를 아무도 치료하지 않다니! 닥터K도 고함만 지를 뿐 이런 환자를 놓쳤고, 잔소리하며 잘난 척하는 나착한도 이 환자를 발견하지 못했다고 생각하니 더욱 화가 났다.

"다들 뭐 하는 거예요! 여기 진짜 급한 환자가 있다고요! 이렇게 죽게 내버려 둘 거예요? 소리만 지르지 말고 누구든 이리 좀 와 보세요!"

노빈손의 고함에 닥터K는 매서운 표정으로 바라보았다. 노빈손은 순간 등골이 서늘해졌으나, 이번에는 아무도 발견하지 못한 환자를 자신이 발견했으니 소리칠 자격이 있다고 생각했다. 하지만 닥터K는 잔뜩 화난 표정으로 성큼성큼 다가와 노빈손의 얼굴 바로 앞에다 대고 크게 소리 질렀다.

"노빈손! 그 환자는 검정이야! 이미 검정으로 판명되었다고!"

노빈손은 그제야 환자 침대에 붙어 있는 검은색 끈을 발견했다. 환자는 가슴과 배의 상처가 너무 심했고 도착 당시에 이미 호흡과 맥박이 없어, 회복 가능성 없는 '검정 환자'로 판정된 상대였다.

사람의 가슴 안 공간(흉강)에는 폐와 심장이 있어요. 갈비뼈와 근육이 이 공간을 보호하죠. 그런데 심한 상처를 입어 그 보호막이 깨지면, 공기주머니(기흉)가 만들어져요. 기흉이 커지면 폐와 심장을 눌러 심한 호흡곤란이 나타나고 혈압이 떨어지죠. 그런 심각한 기흉을 긴장성 기흉이라고 부릅니다.

"노빈손! 혼자 돌아다니지 말고 나를 따라다녀!"

닥터K는 어쩔 수 없다는 듯 고개를 절레절레 저으며 말했다.

"저, 이대충 선생님을 따라다니면 안 될까요?"

노빈손은 주눅 든 목소리로 물었으나 닥터K는 듣지 못했다. 다시 물을 용기가 없는 노빈손은 잔뜩 움츠러든 채 따라갔다. 닥터K가 담당하고 있는 환자의 침대에는 빨간색 끈이 매여 있었다. 나착한이 일러 준 것에 따르면, 빨리 치료하면 살 수 있는 중환자였다. 가장 우선해서 치료해야 하는 환자였다. 그런데 이상하게도 별다른 외상이 없었다. 피범벅이 된 다른 환자들과 달리 이 환자는 비교적 깨끗했다. 노빈손은 그런 환자가 왜 빨강으로 분류됐는지 의아했으나 닥터K가 무서워 물어볼 수 없었다. 그런 의심을 밖으로 드러낼 수 없을 만큼 그의 표정은 심각했다.

"다시 측정한 혈압이 얼마예요?"

닥터K가 묻자 응급구조사가 대답했다.

"혈압이 너무 낮아 제대로 측정되지 않습니다."

환자는 아직 의식이 있었으나 이상하게 숨을 제대로 쉬지 못하는 것처럼 보였다. 숨을 들이마시지도 내쉬지도 못했다.

"긴장성 기흉입니다! 흉관삽입술을 당장 시행해야 합니다. 어서 준비하세요."

닥터K가 소리치자 간호사와 응급구조사가 도구가 잔뜩 실린 카

흉관삽입술은 기흉 환자의 가슴에 플라스틱 관을 찔러 넣어 기흉을 제거하는 시술이에요. 상태가 심해져 호흡곤란이 온 긴장성 기흉의 경우, 이 시술을 빨리 시행하지 않으면 환자가 사망하게 되죠.

트를 가져왔다. 닥터K와 간호사는 신속하게 간이 수술복으로 갈아입고 수술용 장갑을 착용했다. 그리고 환자의 오른쪽 가슴을 갈색 소독약으로 문지르기 시작했다. 곧 오른쪽 가슴 전체가 갈색으로 변했다. 닥터K는 오른쪽 가슴 바깥쪽, 겨드랑이에서 10센티미터쯤 내려간 부분을 만지작거리더니 수술용 칼을 꺼내 조금도 망설이지 않고 그곳의 피부를 갈랐다. 그러고는 조그마한 가위처럼 생긴 도구로 바꾸어 잡고, 피부 아래 드러난 갈비뼈 사이 근육에 구멍을 내기 시작했다. 작은 관이 통과할 수 있을 만큼 구멍이 커지자 간호사가 금속 막대가 박힌 긴 플라스틱 튜브를 건네주었고, 닥터K는 그 기구를 과감하게 환자의 가슴에 박아 넣었다. 곧 튜브에 박혀 있던 금속 막대를 제거했고, 간호사는 환자의 가슴에 박힌 튜브에 커다란 물통을 연결했다.

"으읍, 욱! 욱!"

그 광경을 보던 노빈손은 갑자기 토할 것만 같았다. 들키지 않으려고 손으로 입을 틀어막았다. 다행히 환자에게 집중한 닥터K는 알아차리지 못했다.

놀랍게도 부르륵 하는 소리와 함께 물통에서 공기 방울이 생기기 시작했다. 그와 동시에, 지금껏 숨을 내쉬지도 들이마시지도 못하던 환자가 숨을 쉬기 시작했다. 하얗게 질려 가던 환자의 혈색도 돌아왔다.

"혈압은?"

응급구조사는 신속하게 혈압을 측정했다.

"90에 60입니다!"

닥터K의 표정이 조금 밝아졌다.

"긴장성 기흉은 일단 해결되었으나 간이나 신장 손상 같은 복부 손상이 동반되었을 수 있다. 흉부 CT와 복부 CT를 시행한다. 환자에게 일단 세프트리악손 2그램을 정맥 항생제로 투여해."

노빈손은 닥터K의 말이 끝날 때쯤에야 그게 자신에게 내린 지시란 것을 깨달았다. 노빈손은 서둘러 환자를 중환자 구역으로 데려갔고 진료용 컴퓨터를 찾아 CT와 항생제 처방을 입력했다. 주위를 둘러보니 환자 분류와 가장 긴급한 처치는 어느 정도 끝난 듯해 보였다.

10명 가운데 녹색 환자가 3명, 노란색 환자가 4명이었다. 3명의 녹색 환자는 찰과상이나 단순히 피부만 찢어진 환자였고, 4명의 노란색 환자는 손목이나 발목이 부러진 것 말고 다른 심각한 부상은 없었다. 안타깝게도 2명은 검정색 환자로 사망이 선언되었고, 닥터K와 노빈손이 담당했던 긴장성 기흉 환자가 유일한 빨간색 환자였다.

CT는 '전산화 단층촬영'의 준말이에요. 여러분 '엑스레이' 알죠? 엑스레이는 한 장의 사진이니 2차원 영상이겠죠? CT는 엑스레이를 수백 장 찍어 그것을 3차원 영상으로 재구성해서 몸속을 보다 자세하게 살펴볼 수 있게 해 주는 장치입니다.

'도민'이라 쓰고 '도미니'라 읽는다

한바탕 소란이 끝날 무렵, 노빈손이 응급실에서 한 번도 본 적 없는 사람이 나타났다.

"경훈 선생을 비롯해 인턴 선생들까지, 다들 수고가 많아."

닥터K를 '경훈 선생님'이 아니라 '경훈 선생'이라 부른 것으로 보아, 더 높은 사람이 틀림없었다. 노빈손은 이 낯선 남자를 자세히 살펴보았다. 키는 아주 작으나 다부진 체격이었고 박빌런처럼 하얀 의사 가운 아래 셔츠와 넥타이를 갖추어 입었다. 나이는 50대 초반 같았고, 머리카락은 새하얀 백발이었다. 눈가에 잔주름이 잡히긴 했으나 백발과 잘 어울리는 멋진 얼굴이었고, 언뜻 봐도 '전문가의 권위'가 느껴졌다.

"인턴 선생인가 보군요."

그제야 노빈손은 남자의 의사 가운에 붙은 이름표에 '응급의료센터장 도민'이라고 적힌 것을 보았다. 응급의료센터장이라. 그냥 전문의인 닥터K보다 응급의학과 교수인 박빌런이 높으니, 응급의료센터장이면 가장 높은 사람이 틀림없었다. 노빈손은 꾸벅 고개를 숙이며 인사했다.

"연남대학교병원 응급실 인턴 노빈손입니다!"

그 말에 도민 교수는 박빌런처럼 온화하고 인자한 미소를 지어 보였다.

"요즘 인턴 선생들은 참 예의 바르군. 이런 것은 우리 경훈 선생이 인턴에게라도 배워야 하는 점이지. 반듯한 사람이라면 예의가 있어야 해요."

'그럼요, 당연하죠.' 노빈손은 마음속으로 중얼거리며 고개를 끄덕였다. 그때 응급실이 어수선해졌다. 고개를 돌려 보니 밝은 조명과 카메라가 보였다. 옷을 잘 차려 입은 기자의 모습도 보였다. 교통사고 때문에 취재를 나온 방송국 직원들이었다.

"안녕하세요, 저는 KBC의 김속보 기자입니다. 교통사고 환자들을 취재하기 위해 나왔습니다. 여기 책임자이신가요?"

날카롭고 야무진 표정의 기자였다. 카메라맨과 장비를 다루는 직원까지 데리고 나타나 인터뷰를 하는 위풍당당한 모습에 노빈손은 넋을 잃고 바라보았다.

"네, 제가 연남대학교병원 응급의료센터장 도민 교수입니다."

도민 교수는 익숙한 상황이라는 듯 차분한 태도로 말했다.

"몇 가지 질문을 드려도 될까요?"

기자의 말에 도민 교수는 고개를 끄덕였다.

"환자가 몇 명이나 발생했습니까?"

도민 교수는 자신감 넘치는 태도로 대답했다.

"7대의 119 구급차를 통해 모두 10명의 환자가 우리 병원에 도착했습니다. 3명은 찰과상 같은 경상이었습니다. 조치를 마치고 곧 귀가시킬 예정입니다. 4명은 골절이 있습니다만 생명에는 지장이 없고, 정형외과에 입원시켜 내일이나 모레쯤 수술할 계획입니다. 안타깝게도 2명은 사망했으며, 1명은 심한 흉부 손상으로 생명이 위험했으나 저를 비롯한 우리 연남대병원 의료진의 신속한 처치로 현재 위기를 넘기고 회복 중입니다."

노빈손은 눈을 뜨기 힘들 만큼 밝은 조명이 내리쬐고 방송 카메라가 돌아가는 상황에서도 기자의 질문에 척척 대답하는 도민 교수가 멋있게 느껴졌다.

"사고로 유명을 달리한 희생자와 가족에게 깊은 위로의 말씀을 전합니다. 심각한 흉부 손상을 입은 상태로 이송되어 왔으나 다행히 현재 회복하고 있는 환자와 가족에게도 역시 위로를 전합니다. 우리 연남대병원 응급의료센터는 체계적인 환자 분류와 119 구급대와의 협조를 통해, 이번처럼 대량 환자가 발생하는 사고에 대한 훈련과 대비를 꾸준히 해 왔습니다. 제가 응급의료센터장이 된 후부터 가장 공들여 구축한 부분이기도 합니다."

도민 교수의 말에 기자는 고개를 끄덕이더니 이어서 질문했다.

"교수님께서는 센터장인데도 응급실에서 직접 환자를 보며 일하시나요?"

그 말에 도민 교수는 가슴을 쭉 펴면서 내답했다.

"당연합니다. 응급의학과 의사는 현장에 있을 때 가장 빛나는 법이지요. 현장의 응급 상황에서 직접 일하지 않는 응급의학과 의사는 전쟁터에서 도망치는 군인이나 다름없습니다."

노빈손은 도민 교수가 정말 멋있게 느껴졌다. 다만 마음 한구석에서 '그런데 도민 교수님이 어떤 환자를 진료했지?' 하는 의문이 살짝 솟았다. 그때 누군가 노빈손의 어깨를 툭 하고 쳤다. 깜짝 놀란 노빈손은 뒤를 돌아보았다.

"노빈손, 또 여기서 농땡이 부리고 있는 거야?"

다행히 닥터K가 아니라 나착한이었다. 노빈손은 고개를 세차게 저으며 대답했다.

"아니야. 센터장님 인터뷰를 잠깐 보고 있었어."

노빈손의 말에 나착한은 기자와 인터뷰하고 있는 도민 교수를 힐끗 바라보았다.

"아, 도미니 교수님이네. 이번에도 역시 힘든 일이 다 끝나니 나타나셨군."

'도미니 교수라고? 아닌데…' 응급의료센터장의 이름은 도민이었다. 노빈손은 나착한이 잘못 알고 있다고 생각하며 답했다.

"도미니 교수님이 아니라 도민 교수님이야."

노빈손의 말에 나착한은 의미를 알 수 없는 미소를 지으며 대답했다.

"본명이야 물론 도민이지. 그런데 아무도 도민 교수님이라고 부르지 않아. 박영웅 교수님을 박영웅이라 부르지 않는 것과 같은 이유야. 박영웅 교수님을 박빌런이라고 부르듯, 도민 교수님도 다들 도미니라는 별명으로 부른다고."

'왜 그렇게 부르는 거지?' 노빈손은 의아했다.

"착한아, 그럼 미니란 별명은 왜 붙은 거야?"

나착한은 재미있다는 표정으로 혓바닥을 내밀고 '메롱' 하며 대답했다.

"그건 우리 노빈손 선생님이 직접 알아내세요!"

2

침팬지의 눈물

므중구들은 왜 침팬지를 데려갈까

아프리카 콩고민주공화국의 한 마을. 소년 투쌍은 침팬지 우리 앞에 선 채 생각에 빠졌다.

'이번 므중구는 도무지 이해할 수 없단 말이야. 지금까지 아주 많은 므중구가 야생동물을 요구했지만 이런 경우는 없었어.'

물론 이전의 므중구들도 사냥이 금지된 동물을 요구했다. 화려한 깃털이 달린 새, 멋진 뿔이 달린 영양과 사슴, 상아가 멋진 아프리카 숲코끼리, 침팬지, 심지어 고릴라까지…. 그러나 다들 특정 신체 부위나 박제를 원했다. 코끼리의 상아, 고릴라의 손과 발, 온전히 잘 박제된 새, 머리만 박제로 만든 영양과 사슴 따위가 므중구들이 관심 가지는 전부였다.

그런데 이번 므중구는 박제로 만든 영양과 사슴의 머리, 그리고 상아를 제외하고는 전부 살아 있는 동물을 원했다. 특히 새와 원숭이, 그리고 침팬지는 꼭 살아 있어야 했다. 그래서 골치 아팠다. 새와 원숭이는 그물을 사용하면 어렵지 않게 산 채로 잡을 수 있으나 침팬지와 고릴라는 달랐다. 고릴라는 말할 것도 없고, 침팬지도 사람보다 몇 배나 힘이 세다.

어서 먹이를 달라는 것인지, 우리 안에 든 침팬지들이 갑자기 시끄럽게 굴었다.

므중구(Mzungu)란, 아프리카인들이 주로 백인을 부를 때 쓰는 말입니다. 백인이 아닌 외국인에게 쓰기도 해요.

"워워, 알았어, 알았어. 잠깐만 기다려."

멀리서 총을 쏘거나 덫을 놓아 침팬지와 고릴라를 잡는 것은 그나마 덜 위험하지만, 마취 총을 사용하거나 그물로 잡는 것은 아주 위험했다. 마취 총을 맞고 흥분한 침팬지나 고릴라가 덤비면 큰 사고가 날 수도 있기 때문이다. 침팬지나 고릴라를 가두려면 튼튼한 우리가 필요했다. 또 침팬지와 고릴라는 똑똑하기에 빗장쯤은 그냥 풀어 버려서 꼭 튼튼한 자물쇠를 채워야 했다.

'고릴라의 손과 발은 므중구들에게 인기 있는 장식품이고 중국인들에게는 좋은 약이라 하니 그건 알겠는데…. 이번 므중구는 대체 살아 있는 고릴라와 침팬지를 어디에 쓰려는 걸까?'

그때 투쌍의 아버지가 다가왔다.

"너 대체 무슨 생각을 하고 있는 거야! 어서 침팬지 먹이나 주지 않고!"

투쌍 아버지는 이런저런 생각에 잠긴 투쌍을 못마땅하게 바라보며 말했다. 투쌍도 소리 지르는 아버지가 싫어서 제대로 대답하지 않고 걸음을 옮겼다. 바구니를 들고 창고 구석으로 가서 침팬지의 밥을 챙기기 시작했다. 침팬지의 밥은 생각보다 복잡했다. 관광을 하러 온 므중구들은 침팬지가 바나나만 먹는다고 생각한다. 사실 침팬지는 나뭇잎이나 과일보다 고기를 더 좋아한다. 그렇지만 비싼 고기를 사다 먹일 수는 없기에 투쌍은 새 잡는 그물에 걸린 박쥐를 골라 침팬지에게 주곤 했다. 투쌍은 어제 잡힌 박쥐들을 꺼내 바구니에 담으며 침팬지들을 바라보았다.

"오늘도 너희 먹이는 박쥐야. 이거라도 맛있게 먹어."

예전에는 투쌍도 박쥐 고기를 먹었다. 투쌍뿐 아니라 마을 사람들 모두 박쥐 고기를 자주 먹었는데, 어느 날 지프를 타고 나타난 사람들이 박쥐 고기를 먹지 말라고 했다. 박쥐 고기를 먹으면 대통령이 벌을 줄 거라고도 했다. 대통령이 박쥐 고기에 화가 난 이유는 알 수 없다. 아마도 맛있는 박쥐 고기를 시골 사람들끼리만 먹으니 화가 난 것 같은데, 정말로 화가 많이 났는지 '박쥐 고기를 먹으면 무서운 병에 걸린다'고 겁주기까지 했다.

투쌍 같은 아이들뿐 아니라 마을 어른들도 그저 대통령이 화가 나서 그랬다고 생각할 뿐, 박쥐 고기를 먹으면 병에 걸린다는 말을 믿지 않았다. 그러나 지프차를 타고 나타난 대통령의 부하들이 박쥐 고기를 먹지 말라고 너무 무섭게 다그친 통에, 그 후로 박쥐 고기를 먹는 일은 줄어들었다. 다만 그들은 침팬지에게 박쥐 고기를 주지 말라는 말은 하지 않았다.

"자, 어서 많이 먹어."

투쌍은 침팬지 우리에 박쥐 고기와 과일을 좀 더 던져 넣으며 말했다. 침팬지들은 더욱 흥분해서 소리 지르기 시작했고 몇몇은 철창을 흔들었다. 투쌍은 불쌍하다는 생각이 들었다. 그때 밖에서 트럭 소리가 들렸다. 투쌍은 호기심에 얼른 밖으로 나갔다. 밖에는 큰 트럭이 서 있고, 므중구가 와 있었다. 므중구는 투쌍의 아버지에게 한참 무엇인가 얘기하고는 돈뭉치를 건넸다.

"여기 있소. 세어 보시오."

투쌍의 아버지는 기분 좋은 웃음을 지으며 돈을 세기 시작했다. 트럭에서 내린 므중구의 부하들은 천천히 동물들을 옮길 준비를 했다. 드디어 지난 2주 동안 잡은 동물들을 므중구가 가져가는 날이다. 므중구는 동물들을 트럭에 싣고 바닷가로 데려간다고 했다. 엄청나게 큰, 투쌍이 사는 마을 사람들을 모두 태우고 옆 마을 사람들까지도 전부 태울 수 있을 만큼 큰 배에 실어, 아주아주 멀리 떨어진 나라로 보낸다고 했다. 그 나라 사람들에게 왜 침팬지 같은 동물들이 필요한지 투쌍은 문득 궁금했다. 언젠가 어른이 되면 꼭 그 나라에 가서, 왜 침팬지 같은 동물들이 필요한지 물어보겠다고 투쌍은 생각했다.

 ## 죽어 가는 침팬지들의 저주

바다는 끝나지 않을 것만 같았다. 아무리 나아가도 파란색 지옥만 이어질 뿐 육지는 결코 나오지 않을 것 같았다. 1만 톤이 훌쩍 넘는 거대한 화물선이라 뱃멀미는 없었다. 이미 익숙해질 대로 익숙해진 항해였지만, 스머글러는 여전히 항해가 싫었다.

"므중구! 큰일 났습니다!"

아프리카인 선원이 문을 벌컥 열고 들어오며 말했다. 스머글러는 짜증 섞인 목소리로 대꾸했다.

"므중구라 부르지 말라고 몇 번이나 말했냐! 내 이름은 잭 스머글러, 잭 스머글러라고!"

선원은 머리를 긁적이며 말을 이었다.

"네 므중구, 아니 스머글러 씨. 그런데 정말 큰일 났습니다!"

스머글러는 여전히 짜증 섞인 표정으로 선원에게 물었다.

"뭐가 그렇게 큰일인데? 배에 물이 새기라도 하는 거야?"

스머글러의 말에 선원은 고개를 가로저었다.

"그럼 도대체 뭐가 큰일이야?"

선원은 침을 꿀꺽 삼키고 대답했다.

"그게 말입니다. 저… 침팬지들이 이상합니다."

순간 스머글러의 눈이 커졌다.

"뭐야! 침팬지가? 어서 우리로 안내해!"

스머글러는 황급히 선원을 따라 침팬지 우리가 있는 화물칸으로 향했다. 미로처럼 얽힌 통로를 지나 침팬지 우리가 있는 화물칸에 다다르자 엄청난 악취가 풍겨 왔다. 스머글러도 순간적으로 일굴을 찌푸리며 고개를 돌릴 수밖에 없었다.

"우욱! 이게 무슨 냄새야?"

스머글러는 10년 넘게 침팬지 같은 야생동물을 몰래 사고파는 일을 해서 침팬지 우리의 냄새에는 익숙했다. 그러나 그 악취는 일반적인 침팬지의 똥오줌 냄새가 아니었다. 스머글러는 눈을 크게 뜨고 우리 안의 침팬지들을 살펴보았다.

여느 때라면 위협적인 소리를 내며 철창을 두들겨 댔을 텐데, 이상하게도 침팬지들이 너무 조용했다. 조용한 정도가 아니라 대부분 우리 바닥에 누워 있었다. 아니, 누워 있다기보다 쓰러진 것에 가까웠다. 더 가까이 다가가서 들여다보니 침팬지들이 쓰러져 있는 바닥에 선명한 핏자국이 보였다. 한두 곳이 아니었다. 핏자국은 침팬지의 입으로 이어져 있었다.

"어제부터 침팬지들이 먹이를 먹지 않고 기운이 없어 보였어요."

선원은 불안한 표정으로 말했다.

"그런데 오늘부터는 피를 토하고 설사를 하기 시작했어요."

스머글러의 얼굴이 붉으락푸르락 달아올랐다. 그는 화를 내며 성난 표정으로 선원의 멱살을 움켜잡았다.

"도대체 침팬지들에게 무엇을 먹인 거야! 너희가 먹는 것보다 좋은 걸 먹이라고 그렇게 얘기했는데, 혹시 침팬지에게 줄 먹이를 빼돌린 거 아냐?"

멱살을 잡힌 선원은 겁에 질려 고개를 절레절레 흔들었다.

"아닙니다, 스머글러 씨! 정확하게 준비해 주신 먹이로만 제대로 먹였습니다!"

스머글러는 선원의 멱살을 놓아 주었다. 그리고 망연자실한 눈빛으로 침팬지를 바라보았다. 심각한 문제였다. 어렵게 구한 침팬지 20마리가 모두 죽어 가고 있었다. 엄청난 손해였으나 어쩔 수 없었다. 스머글러가 침팬지를 살리기 위해 할 수 있는 일은 아무것도 없었다.

한동안 고민하던 스머글러가 이윽고 입을 열었다.

"침팬지들을 모두 바다에 버려."

스머글러의 말에 선원은 눈을 동그랗게 뜨고 물었다.

"아직 살아 있는 녀석들도 있는데요?"

스머글러는 매서운 눈빛으로 선원을 바라보며 말했다.

"죽은 거나 다름없어. 버리라면 버려!"

선원은 겁에 질려 고개를 끄덕였다.

"바닥 청소도 좀 하고!"

스머글러는 바닥에 침을 뱉으며 덧붙였다.

죽어 가는 침팬지들을 바다에 버린 지 벌써 3주가 흘렀다. 스머글러가 탄 배는 아직 목적지에 닿지 못했다. 그런데 어렵게 구한 침팬지들을 모두 바다에 버린 것 외에 문제가 또 생겼다. 이번에는 선원들이 문제였다. 일주일 전부터 하나둘 시름시름 앓기 시작했다. 처음에는 그저 감기나 몸살이라 생각했다. 팔다리가 쑤시고 식욕이 없다고 했다. 하루 이틀 쉬면 나을 거라 생각하고 의무실에 있는 진통제를 먹었는데 오히려 증상은 나빠졌다. 열이 나고 토를 했다. 사실 먼 바다를 항해하다 보면 그런 일은 드물지 않게 일어났다. 여럿이 좁은 공간에서 생활하며 같은 음식을 먹으니 그럴 수밖에 없었다. 그러나 이번에는 어쩐지 찜찜했다. 선원들의 증상이 묘하게 침팬지들과 비슷했기 때문이다.

"스머글러 씨! 좀 와 보셔야 할 것 같아요."

아프리카인 선원은 이번에도 당황한 표정으로 말했다. 스머글러는 짜증이 치밀었다. 3주 전에도 이 선원이 큰일 났다고 해서 따라가 보니 침팬지들이 죽어 가고 있었기 때문이다.

"왜? 이번에는 또 뭐야?"

불길하고 불안한 마음을 억누르며 스머글러가 짜증스럽게 말했다. 선원은 난처한 듯 땀을 뻘뻘 흘리며 대답했다.

"그게 말입니다. 이번에도 스머글러 씨가 직접 보셔야 할 것 같아서…"

스머글러는 한숨을 내쉬고는 선원에게 앞장서라고 손짓했다. 이번에도 미로처럼 얽힌 통로를 지났으나 그 끝에는 화물칸이 아니라 선원들의 선실이 나타났다. 스머글러는 선실 문을 열어젖혔다. 삐걱거리는 소리와 함께 문이 열렸다. 순간 코를 찌르는 냄새가 밀려와, 스머글러는 자신도 모르게 손으로 코를 쥐었다. 문득 공포가 몰려왔다. 3주 전 침팬지 우리에서 맡은 것과 아주 비슷한 냄새였기 때문이다.

"뭐야, 이건!"

스머글러의 눈앞에는 피를 토하며 쓰러진 선원들이 있었다. 피똥으로 침대를 적신 사람도 있었다.

"스머글러 씨, 침팬지의 저주예요! 어떡하죠? 이제 우린 다 죽을 거예요!"

스머글러를 데려온 선원이 울면서 말했다. 스머글러는 이번에도 선원의 멱살을 움켜잡았다.

"죽긴 누가 죽어! 침팬지의 저주 같은 소리 하고 있네! 그건 너희 아프리카인들이나 믿는 미신이야!"

스머글러는 선원에게 윽박지른 후 멱살을 놓았다. 잠시 숨을 고른 후 다시 말했다.

"환자들을 씻기고 진통제를 주고 최대한 물을 자주 먹여. 이제 며칠만 더 가면 항구야. 거기 도착해서 병원에 가서 치료를 받으면 모두 나을 거야."

스머글러의 말에 선원은 말없이 고개를 끄덕였다. 그런 선원을 본 스머글러는 다시 한번 입을 열었다.

"다 죽을 거라느니 침팬지의 저주니 하는 말은 꺼내지도 마!"

스머글러는 선실을 뒤로하고 걸음을 옮겼다. 얼마 지나지 않아 그는 갑자기 팔과 다리가 쑤시고 몸이 덜덜 떨려 옴을 느꼈다. 스머글러에게도 선원들과 같은 증상이 나타나기 시작한 것이다.

"이런…"

스머글러는 중얼거리면서 입술을 깨물었다. 그래도 다행히 며칠 만 더 가면 목적지 항구에 도착할 수 있었다. '며칠만 버티자. 그러면 병원에 갈 수 있다!'

김멸균 교수는 손 씻기 교수님?

"으아~ 완전 거지꼴이잖아!"

노빈손은 응급실 유리창에 비친 자신의 꾀죄죄한 모습을 바라보며 소리 질렀다. 응급실 근무가 끝나면 그대로 인턴 숙소 침대에 쓰러져 잠들고, 다음 날 아침이면 늦잠 자다 겨우 일어나 세수만하고 응급실에 달려갈 때가 잦았다. 마지막으로 샤워를 한 게 언제인지도 잘 기억나지 않았다. 생각이 거기에 다다르니 갑자기 머리가 가려워져 손으로 벅벅 긁었다.

"노빈손, 오늘도 안 씻고 그냥 나왔어?"

나착한이 진심으로 걱정된다는 표정으로 말했다. 노빈손은 멋쩍게 웃으며 다시 손으로 머리를 긁었다.

"마지막으로 머리 감은 게 언제야? 오늘 아침 세수는 했어? 근무복에 핏자국까지 있는데, 닥터K한테 걸리면 어떡하려고 그래? 노빈손, 너 양말은 갈아 신은 거야? 설마 일주일 내내 같은 양말을 신고 있는 건 아니겠지?"

나착한은 속사포처럼 따져 물었고 노빈손은 손가락으로 귀를 틀어막았다. 그리고 최대한 나착한에게서 멀리 떨어진 곳으로 도망쳤다. 다행히 나착한은 따라오면서까지 잔소리를 퍼붓지는 않았다. 그렇게 한숨 돌렸을 때 나직한 목소리가 들려왔다.

"자네, 손은 씻었나?"

등 뒤에서 들린 목소리에 노빈손은 몸을 돌려 보았다. 노빈손에게 말을 건넨 사람은 의사 가운을 단정하게 입은 남자였다. 역시 단정하게 손질된 머리카락은 한 올도 흐트러짐이 없었다. 그러고 보니 의사 가운도 막 세탁소에서 찾아 온 것처럼 하얗고 깨끗했다. 구두에도 먼지 하나 없어 얼굴이 비칠 정도였다. 거기에다 검은 뿔테 안경을 쓰고 있어, 노빈손은 자기도 모르게 "와, 똑똑한 사람인가 봐"라고 중얼거렸다.

"그러니까… 자네, 손은 씻었나?"

남자는 차분한 목소리로 다시 물었고, 노빈손은 고개를 갸웃거리다 이내 자신 있게 대답했다.

"당연하죠! 여기는 응급실입니다. 손 씻기는 기본 가운데서도 아주 기본이죠!"

노빈손의 말에 남자는 못 믿겠다는 표정을 지어 보였다. 그러고는 노빈손을 바라보며 말을 이었다.

"내가 아까부터 지켜봤는데 자네는 한 번도 손을 씻지 않던데? 환자를 만진 후에도 씻지 않았고 환자에게 채혈하거나 상처를 소독한 후에도 씻지 않더군. 환자를 만진 후에도 손을 씻어야 하고, 채혈이나 상처 소독을 할 때는 전과 후 모두 손을 씻어야 하네."

그제야 노빈손은 자신이 손을 제대로 씻지 않았다는 것을 깨달았다. 노빈손은 멋쩍게 웃으며 다시 머리를 긁었다. 남자는 노빈손에게 한 걸음 더 다가서서 근무복을 자세히 살폈다.

"그런데 자네 근무복도 엉망이군. 꼬질꼬질한 것만 문제가 아니라, 여기저기 핏자국까지 있는데…. 새로운 근무복으로 갈아입고 이 옷은 세탁부에 맡겨야 해."

노빈손은 부끄러워 얼굴이 붉어졌다. 남자는 노빈손을 잠깐 바라보다 말했다.

"난 김멸균 교수라고 하네. 자네가 응급실 인턴 노빈손인가?"

김멸균 교수가 야단치기는커녕 빙긋 웃으며 묻자, 안도한 노빈손은 밝게 웃으며 말했다.

"넵, 교수님. 응급실 인턴 노빈손입니다. 잘 부탁드립니다!"

그런데 문득 '닥터K에게 얘기하면 어떡하지?' 하는 걱정이 밀려왔다. 노빈손은 조심스레 물었다.

"저, 교수님. 혹시 경훈 선생님과 친하세요?"

김멸균 교수는 다시 빙그레 웃으며 대답했다.

"글쎄…. 노빈손 선생, 자네는 친하다는 것이 어떤 의미라고 생각하나?"

노빈손은 말문이 막혔다. 친하다는 것이 어떤 것일까? 영화를 같이 보고 게임을 같이 하고 밥을 같이 먹고 커피를 같이 마시고 그러면 친한 것이 아닐까? 그렇다면 김멸균 교수는 닥터K와 친하지 않을 것 같았다. 넥타이도 매지 않고 늘 근무복만 입고 돌아다니며 사람들에게 고함이나 질러 대는 닥터K와, 이토록 깨끗하고 단정한 김멸균 교수님이 친할 리 없어. 노빈손은 그렇게 생각했다.

"글쎄요. 그렇게 물어보시니 잘 모르겠어요. 교수님도 몰라서 물으시는 것 같은데, 교수님이 모르는 것을 인턴인 제가 어떻게 알겠어요? 하하."

김멸균 교수는 다시 빙그레 웃었다.

"알겠네. 그럼 손 씻기는 어떤 의미라고 생각하나?"

손 씻기? 더 대답하기 힘든 질문이었다. 솔직히 노빈손은 한 번도 손 씻기의 의미를 생각한 적이 없었다. 그때였다. 갑자기 환자분류소가 분주해졌다. 노빈손은 호기심에 환자분류소로 서둘러 걸음을 옮겼다. 김멸균 교수의 질문에 대답도 하지 않은 채.

열나는 군인의 진짜 병명

환자분류소에는 군복 입은 젊은 남자가 있었다. 짧은 머리카락과 갈색으로 그을린 피부, 굳게 다문 입술은 용감한 군인처럼 보였으나, 어쩐지 초췌하고 지친 표정이었다. 그 앞에서 이대충이 심각한 표정으로 진료의뢰서를 읽고 있었다.

"그러니까, 일주일 전부터 열이 났군요. 지속적으로 열이 나고 빈혈도 있고 혈소판도 감소하고, 흠…."

이대충은 통통한 배 위에 양손을 모으고는 잠시 생각에 잠겼다.

"원래 가지고 있는 질환은 없죠?"

이대충의 말에 젊은 남자는 군인다운 말투로 대답했다.

"네! 그렇습니다!"

이대충은 다시 이마에 주름을 잡으며 말했다.

"최근에 야외에서 잔 적 있습니까?"

이번에도 군인은 씩씩하게 대답했다.

"네! 최근 훈련하며 야외에서 취침했습니다!"

그러자 이대충은 잘 알겠다는 듯 고개를 끄덕이며 자신 있게 말했다.

"역시 제 예상대로군요!"

군인은 이제야 무슨 병인지 알 수 있겠다고 안도하면서도, 어떤

혈소판은 혈액을 이루는 성분 중 하나예요. 피가 났을 때 혈액을 굳게 해 우리 몸을 보호하는 역할을 하죠. 혈소판 수치가 감소하면 조그마한 상처에도 엄청나게 많은 피가 흘러나와 큰 문제가 생길 수 있어요.

병일지 걱정되는 듯 불안한 표정을 지었다. 노빈손 역시 궁금해서 침을 꿀꺽 삼켰다. 이대충은 그 순간을 즐기려는 듯 통통한 배 위에 두 손을 가지런히 모으며 잠깐 뜸을 들인 후 말했다.

"일주일간 지속적인 발열, 빈혈과 혈소판 감소, 간효소 수치의 소량 증가, 여름이 아닌 최근 3월의 야외 취침, 휴전선 근처에 근무하는 군인, 이 모든 정보를 종합해 볼 때, 바로 유행성 출혈열, 이른바 한탄 바이러스 감염일 가능성이 매우 높습니다!"

군인의 얼굴이 어두워졌다.

"선생님, 유행성 출혈열이 무슨 병입니까? 생명이 위험한 병인가요? 나을 수는 있나요?"

불안한 마음에, 군인다운 절도 있는 말투는 사라졌다. 불안과 걱정이 가득한 눈으로 바라보는 군인에게 이대충은 진지한 표정으로 말했다.

"유행성 출혈열, 이른바 한탄 바이러스 감염은 휴전선 근처에서 자주 발견되는 질환입니다. 한탄 바이러스에 감염된 들쥐의 배설물에 노출되어 감염되고, 고열과 빈혈, 혈소판 감소가 나타나죠. 악화하면 간부전과 신부전이 발생해 결국 사망할 수도 있는 무서운 질환입니다."

군인은 곧 울음을 터트릴 듯한 표정이 되었다.

'선생님! 그러면 저는 이제 죽는 건가요? 저 겨우 스물한 살이에

간효소란 주로 간세포, 즉 간을 이루는 세포에 있는 효소예요. 간세포가 손상을 입으면 거기 있던 간효소가 혈액 속으로 들어가서, 혈액검사를 해 보면 간효소 수치가 높게 나오죠.

요. 아직 죽고 싶지 않아요! 살려 주세요!"

군인의 울부짖음에 이대충은 근엄하게 대답했다.

"일단 최선을 다하겠습니다만 유행성 출혈열에는 특효약이 없습니다. 노빈손 선생! 환자를 응급실 중환자 구역으로 모셔 가고 혈액검사와 엑스레이를 시행해요."

이대충은 자리에서 일어나며 말했다.

"나는 감염내과에 가 봐야겠어."

노빈손은 바빴다. 울음을 터트린 젊은 군인을 중환자실 구역으로 데려가서 환자복으로 갈아입히고 검사를 위해 혈액을 채취했다. 엑스레이실에 연락해서 흉부 엑스레이를 시행했고 돌아와서는 심전도도 찍었다. 그러고는 균배양 검사를 위해 한 번 더 채취한 혈액을 용기에 옮겨 담으려는데, 누군가 노빈손의 어깨를 톡톡 건드렸다.

"바쁜데 누구세요?"

노빈손은 약간 짜증 난 목소리로 말하며 뒤돌아봤다. 이번에도 김멸균 교수였다.

"아, 교수님. 저 이번에는 손 씻기 잘했고요, 죄송하지만 지금 엄

간부전과 신부전은 각각 간과 신장이 제 기능을 못 하는 상태를 말해요. 간은 해독 작용을, 신장은 노폐물 배출을 담당하는데, 이 장기들이 제 기능을 못하면 우리 몸은 아주 위험해져요.

청나게 바빠서요…. 유행성 출혈열, 한탄 바이러스 감염이라고 들어 보셨는지 모르겠는데, 제가 그 환자를 담당하고 있거든요."

노빈손은 지금 아주아주 중요한 일을 하고 있으니 손 씻기 따위로 귀찮게 하지 말라는 투로 말했다. 그러자 김멸균 교수는 다시 빙그레 웃으며 물었다.

"유행성 출혈열이라…. 쉽게 진단할 수 있는 흔한 질환은 아닌데, 왜 그렇게 생각하나?"

김멸균 교수의 말에 노빈손은 순간 당황했다. 그러나 조금 전 이대충이 했던 말을 떠올리고는 자신 있게 대답했다.

"교수님, 그야 간단하죠. 유행성 출혈열은 들쥐의 배설물에 노출되면 감염되고 봄과 가을에 많은데, 음… 환자는 군인이라 얼마 전에 훈련하고 야외에서 잤어요. 고열이 있고, 군 병원 검사 결과 빈혈과 혈소판 감소가 있고요. 안타깝게도 특효약이 없어서 지금 이대충 선생님이 감염내과에 갔어요. 저는 이대충 선생님이 돌아오기 전까지 해야 할 일이 많아요."

노빈손의 말에 김멸균 교수는 몇 번 고개를 끄덕이다 말했다.

"그런데 꼭 유행성 출혈열이라 단정할 수 있을까? 빈혈과 혈소판 감소는 다른 질환에도 흔히 나타날 수 있지. 혹시 환자가 며칠 동안 열이 났는지 말고, 어떤 식으로 열이 났는지도 물어봤나?"

김멸균 교수의 말에 노빈손은 머리가 복잡해지기 시작했다. '이

분도 닥터K랑 비슷하네. 왜 쓸데없는 것을 계속 환자에게 물어보라고 하는 거야' 하는 삐딱한 생각이 들었다. '안 되겠다. 이제 바쁘다고 해야지.' 노빈손은 조금 쌀쌀맞게 대답했다.

"김멸균 교수님! 교수님은 손 씻기를 감시하는 분이니 시간이 많겠지만 저는 응급실 인턴이라 엄청 바쁘다고요. 교수님과 더 얘기하고 싶지만 할 일이 많아서요."

그때 누군가 노빈손의 머리에 꿀밤을 날렸다. 깜짝 놀란 노빈손은 꿀밤 날린 사람이 누구인지 보려고 뒤돌아봤다. 잔뜩 화난 표정의 이대충이 서 있었다.

"교수님께 무슨 말버릇이야!"

이대충의 말에 노빈손은 억울한 듯 말했다.

"아, 이대충 선생님. 제가 지금 엄청 바쁜데, 여기 손 씻기 가르치는 교수님이 계속 말을 시키시잖아요. 쓸데없는 내용을 환자에게 물어봤냐고 계속 물으시고요."

김멸균 교수는 계속 웃음을 지었고 이대충은 당황했다.

"무슨 말이야, 노빈손! 이 분은 감염내과 김멸균 교수님이야!"

그러면서 이대충은 김멸균 교수에게 고개 숙이며 말했다.

"교수님, 죄송합니다. 컴퓨터로 컨설트 내려다가 예의가 아닌 것 같아 직접 찾아갔는데 진료실에 계시지 않더라고요."

김멸균 교수는 신경 쓰지 말라는 듯 밝은 표정으로 대답했다.

컨설트란, 종합병원 안에서 한 진료과가 다른 진료과에 환자의 진료를 요청하는 것을 말해요. 예를 들어 손목뼈 골절로 정형외과에 입원한 환자가 갑자기 열이 나면, 정형외과 의사는 감염내과 의사에게 진료를 요청하죠. 바로 이런 게 '컨설트'예요.

"괜찮아. 인턴 선생이 착각할 수도 있지. 응급실에 골수염 환자
가 있어서 잠깐 들렀네. 그래, 자네가 말하는 그 유행성 출혈열 의
심 환자는 어디에 있나?"

이대충은 김멸균 교수를 환자에게 안내했다. 손 씻기 교수님이
사실은 감염내과 교수였다니! 노빈손은 당황했으나, 역시 호기심을
참지 못하고 김멸균 교수와 이대충을 따라갔다.

군인의 눈가는 여전히 젖어 있었다. 김멸균 교수는 군 병원에서 가져온 검사 결과를 천천히 살펴보고는 환자에게 물었다.

"저는 감염내과 김멸균 교수입니다. 몇 가지 물어볼 것이 있어요. 일주일 전부터 열이 났다고 했는데, 혹시 열이 나면 다음 날은 저절로 괜찮아졌다가 그다음 날이 되면 다시 열이 나는 식으로 반복되지 않던가요? 그렇게 48시간 주기로 말입니다."

군인의 눈이 휘둥그레졌다.

"어? 어떻게 아셨어요?"

그러자 김멸균 교수는 빙그레 미소 지었다. 그리고는 노빈손을 바라보며 말했다.

"노빈손 선생, 조금 전에 채취한 혈액이 남아 있지? 잠깐 간이 검사실로 갈까?"

노빈손과 이대충은 김멸균 교수를 따라 응급실에 있는 간이 검사실로 갔다. 노빈손은 김멸균 교수에게 조금 전에 채취한 혈액을 건넸다. 김멸균 교수는 현미경용 슬라이드를 꺼내 혈액을 몇 방울 떨어트리고 다시 얇은 유리판을 슬라이드 위에 쓱 밀었다. 곧이어 현미경의 전원을 켜고 슬라이드를 살피기 시작했다.

"역시 그렇군."

김멸균 교수는 짧게 중얼거리고는 현미경에서 눈을 뗐다.

"이대충 선생, 이 슬라이드 한번 살펴볼까?"

도말이란, 혈액을 자세히 관찰하기 위해 슬라이드(유리판)에 길게 펴 바르는 걸 말해요. 그걸 현미경으로 살펴보면 적혈구의 모양이나 혈액 속 기생충을 확인할 수 있어요. 말라리아를 진단하는 데 유용한 방법입니다.

김멸균 교수의 말에 이대충은 황급히 다가가서 현미경에 눈을 댔다.

"지금 보는 것이 말라리아에 감염된 혈액의 전형적인 도말 소견이네."

이대충은 현미경에서 눈을 떼고서 고개를 끄덕였다. 그러면서 미처 몰랐다는 표정으로 물었다.

"그런데 교수님, 말라리아는 모기로 전파되니 지금 계절과는 안 맞지 않습니까? 지금은 3월이고 작년 여름은 한참 전인데요."

김멸균 교수는 웃으며 대답했다.

"이대충 선생, 말라리아 원충은 간에 6개월 이상도 숨어 있을 수 있네. 그리고 진료의 기본은 병력 청취와 이학적 검사야. 환자에게 언제부터 열이 났는지 물어봤을 뿐, 자네들 가운데 누구도 환자에게 어떤 식으로 열이 났는지 물어보지 않았어."

김멸균 교수의 말에 이대충은 머리를 긁적이며 말했다.

"앞으로 주의하겠습니다. 감사합니다, 교수님."

김멸균 교수는 또 한 번 빙그레 웃고는 노빈손을 보고 말했다.

"환자에게 유행성 출혈열이 아니라 말라리아라는 기쁜 소식을 자네가 전해 주겠나?"

노빈손은 크게 "네!"라고 대답하고 환자에게 달려갔다.

이학적 검사란, 의사가 환자의 상태를 확인할 때 쓰는 가장 기본적인 진단법입니다. 병원에 가면 의사 선생님이 맨 처음에 증상을 물어보고 청진기를 가슴에 대 보고 배도 눌러 보고 하죠? 이 모든 게 '이학적 검사'에 해당해요.

 **술 취한 환자의 난동**

"노빈손 선생!"

새벽보다는 아침에 가까운 이른 시간. 오랜만에 응급실이 평온해서 의자에 앉아 꾸벅꾸벅 졸던 노빈손은, 닥터K가 부르는 소리에 깜짝 놀라 깼다. 잠깐 졸긴 했으나, 아무리 생각해 봐도 크게 잘못한 것은 없었다. 그래도 노빈손은 긴장했다.

"네, 선생님!"

졸고 있었음을 들키지 않기 위해 노빈손은 한층 씩씩하게 대답했다.

"응급실에 근무한 지 얼마나 되었지?"

다행히 야단치려 부른 것은 아닌 모양이었다. 안심한 노빈손은 웃으며 대답했다.

"5주 정도 되었습니다!"

닥터K는 자신의 턱을 쓰다듬으며 싱긋 웃었다. 그리고는 노빈손을 바라보며 천천히 말을 이었다.

"그러면 이제 응급실에서 진료하는 순서를 어느 정도는 알겠군."

야단맞지 않아 기분 좋아진 노빈손은 크게 고개를 끄덕이며 대답했다.

"물론입니다. 알고말고요."

그러자 닥터K는 다시 한번 싱긋 웃으며 노빈손을 바라봤다. 골동품을 감정하는 사람처럼 한참 노빈손을 바라보더니 또 싱긋 웃으며 말했다.

"그러면 오늘은 잠깐이나마 노빈손 선생이 환자분류소를 담당해 볼까?"

방심하고 있다 허를 찔린 노빈손은 할 말을 찾지 못했다. 환자분류소를 담당하라니! 생각만으로도 현기증이 났고, 순식간에 식은땀이 목덜미를 타고 흘렀다.

"제, 제가 환자분류소를 담당하라고요?"

놀란 마음을 진정시킨 노빈손은 눈을 크게 뜨고 물었다.

"노빈손 선생도 이제 한 달 넘게 응급실에 있었으니 몇 시간 정도라도 환자분류소를 담당할 때가 되었어. 조금 부담스럽겠지만 내가 함께 있을 테니 걱정하지 말라고."

닥터K가 같이 있는다고? 노빈손은 눈앞이 깜깜해지고 어지러워 쓰러질 것만 같았다. 닥터K가 바로 옆에 있는 것은 벌칙이나 다름없었다. 노빈손이 실수할 때마다 잔소리하고 소리 지를 테니까.

"저, 선생님. 나착한 선생이 환자분류소에 더 어울릴 것 같아요. 저보다 똑똑하고 판단도 빠르고…. 또 응급실에서 맨 처음 만나는 의사가 저와 선생님인 것보다는 나착한 선생인 게 환자들에게도 좋지 않을까요?"

닥터K는 재미있다는 표정을 지으며 물었다.

"왜 그렇게 생각하지? 나나 노빈손 선생은 환자들에게 믿음을 주지 못할 것 같나?"

노빈손은 말문이 막혔다. 식은땀은 이제 등줄기를 타고 흘러내리기 시작했다.

"그게 아니고요. 선생님을 보면 든든하겠죠. 유능하고 책임감 있고. 그런데… 그래도 무섭지 않을까요? 환자분류소는 응급실의 얼굴과도 같은데…. 저를 보면 너무 우습고 선생님을 보면 너무 무서울 것 같아요."

닥터K는 웃음을 터트렸다.

"노빈손 선생, 생각에 약간 문제가 있군. 환자분류소는 잘생기거나 예쁜 사람이 환자를 맞이하면서 미소 짓는 곳이 아니라, 환자가 증상에 따라 적절하게 치료 받게끔 분류하는 곳이야. 그러니 지금부터 노빈손 선생이 환자분류소를 맡도록 해. 아까 얘기했듯 내가 함께 있을 테니. 그럼 결정된 것으로 하지!"

노빈손은 마지못해 고개를 끄덕이며 기어 들어가는 목소리로 "네"라고 대답했다.

불안한 기다림 끝에, 드디어 환자분류소에 환자가 들어왔다.

"어디가 불편하세요?"

가슴이 쿵쾅거렸으나 노빈손은 애써 아무렇지 않은 듯 물었다. 그런데 의자에 앉은 환자는 대답하지 않고 노빈손을 한참 동안 노려봤다. 당황한 노빈손도 환자를 자세히 바라보았다. 젊은 남자인 환자는 양복을 차려입었으나 넥타이가 조금 풀어졌고, 눈이 붉게 충혈되고 얼굴이 발그레했다.

"그건 의사가 알아야지! 왜 환자한테 물어봐!"

남자가 갑자기 고함을 질렀다. 침이 사방으로 튀고 독한 술 냄새가 풍겨 왔다. 노빈손은 자신도 모르게 얼굴을 찌푸렸다.

"어, 이거 봐라. 의사가 어디 환자한테 얼굴을 찌푸려! 이거 기본이 안 돼 있네!"

노빈손은 어쩔 줄 몰라 쩔쩔맸다. 그때 닥터K가 옆으로 다가와 속삭였다.

"노빈손 선생, 술 취한 사람이지만 다른 곳에 문제가 있을 수도 있으니 기본적인 것은 확인해야 해."

그 말에 노빈손은 울상이 되었다. 기본적인 것을 확인하라니! 누가 봐도 잔뜩 술 취해 곧 난동 부릴 사람인데, 어떻게 기본적인 것을 확인해야 할지 엄두가 나지 않았다.

"호, 혹시 어디 다치셨나요?"

우물쭈물하던 노빈손은 용기 내어 말했다.

"글쎄? 내가 다쳤을까? 내가 다쳤나? 내가 다쳤을까? 크크크크."

술 취한 남자는 의자에서 벌떡 일어나더니 노빈손에게 다가와서 얼굴을 들이밀고 말했다. 지독한 술 냄새에 노빈손은 숨이 막힐 것만 같았다.

"일단 응급실에 오셨으니 기본적인 혈압과 맥박, 체온부터 측정하겠습니다."

나착한이었다. 노빈손이 못내 걱정되어 지켜보다 결국 직접 나섰다. 나착한의 단호한 말에 술 취한 남자는 잠깐 움츠러들었다. 간호사가 남자를 다시 의자에 앉히고 체온과 혈압을 측정하기 위해 팔에 혈압계를 감았다. 그러자 남자가 거칠게 혈압계를 뜯어내며 소리쳤다.

"아프잖아! 이것들이 어디 환자를 아프게 해!"

남자는 당장 간호사를 때릴 것처럼 손을 머리 위로 들어 올렸다. 당당하고 용감한 나착한도 이번에는 당황했다. 그러자 닥터K가 앞으로 걸어 나와 남자와 간호사 사이에 섰다.

"지금 뭐 하는 겁니까? 여기는 응급실입니다. 술 마시고 행패 부리는 곳이 아닙니다!"

그 말에 남자는 화가 치밀어 올랐는지 의자에서 일어났다. 그리고 당장 내리칠 것처럼 주먹을 들어 올렸다. 노빈손은 깜짝 놀랐으

응급실에서 폭력을 쓰면 큰일 나요! '응급의료에 관한 법률'에 따르면, 응급의료를 방해하거나 의료 시설을 부수면 5년 이하의 징역에 처해지거나 3000만 원 이하의 벌금을 내게 될 수도 있답니다.

나 닥터K는 눈 한 번 깜빡이지 않았다.

"지금 뭐 하는 겁니까? 응급실에서 의료진을 폭행하고 진료를 방해하면 법에 따라 처벌받습니다. 후회할 일 하지 마세요."

긴장한 노빈손은 침을 꿀꺽 삼켰다. 그러나 술 취한 남자는 주먹 쥔 손을 자신의 머리 위로 들어 올려 때리려는 시늉만 할 뿐 휘두르지는 않았다. 그리고 보니 술 취한 남자는 보통 체격인 반면, 닥터K는 덩치가 컸다. 근무복을 입고 청진기를 목에 둘러야만 겨우 의사임을 알 수 있는 외모였다. 의사보다는 레슬링 선수나 형사에 어울리는 사람이 버티고 있으니, 술 취한 남자도 때릴 용기가 나지 않는 듯했다.

"아니, 환자한테 이래도 되는 거야? 나는 고객이야, 고객. 의사가 어디 깡패처럼 고객한테 이래! 당신 건달이야?"

술 취한 남자는 주먹을 휘두르는 대신 손가락질을 하며 소리치기 시작했다. 그때 요란한 불빛과 함께 119 구급차가 응급실 앞에 멈추었다. 구급대원이 다급하게 내렸고 이동식 침대를 끌며 뛰어들어왔다.

"뺑소니 교통사고 환자입니다. 쓰러진 상태로 있던 환자를 지나가던 차량 운전자가 신고했습니다."

닥터K는 술 취한 남자를 내버려 두고 이동식 침대로 뛰어갔다. 노빈손 역시 다급하게 따라갔다.

한국에 도착한 다쏴라

키콤바 병원

MBA HOSPITAL

척-

당신이 원장인가?
좋은 말로 할 때
모른 척 조용히
있었어야지!

나를 죽이면 그 못된 짓이 세상에
알려지지 않을 거라 생각하나?
당신들의 악행을 담은 자료를
이미 밖으로 내보냈지.
허허….

뭐얏?

아…

우리가 얼마나 무서운
놈들인지 알게 해 주지!
잘 가라, 페니쎌린 원장.

탕-

인천국제공항

아아… 드디어 한국이구나!
페니썰린 원장님. 이제 원장님의
메시지를 전할 수 있게
되었습니다.

부릉~

서울

서울

용케 한국까지
들어왔군, 다쏴라.

자, 택시를
놓치지 말고

넵!

바짝 붙어서 미행
하라고! 흐흐흐….

연남대학교병원

붕

원장님, 드디어 김멸균 교수를 만나기 직전입니다. 임무를 완수하고 원장님 영전에 찾아뵙겠습니다.

웅

아!

부앙~

퍽

아악

흐흐… 드디어
끝났군! 잘 가라,
다쏴라.

네, 제거했습니다.
네네, 감사합니다!

으으…
원장님,
죄송합니다.

USB는…
어떻게든 꼭…
전달하겠습니다.
으으으….

움직이지
마세요!

교통사고 환자, 그리고 USB

구급차에 실려 온 환자는 상태가 좋지 않았다.

"현장에서는 의식이 있었는데 이송 중 저하되었습니다. 아직은 스스로 호흡하고 있고, 혈압은 90에 60입니다."

구급대원의 말을 들으며 닥터K는 펜라이트를 꺼내 환자의 눈에 비추었다. 가슴과 배의 상처 여부를 확인하고 청진기로 폐의 소리를 들었다. 동시에 간호사는 혈압을 측정했다.

"지금은 80에 50입니다!"

간호사의 말에 닥터K는 속사포처럼 빠르게 말했다.

"산소를 분당 2리터 투여하고 생리식염수 1000시시를 정맥으로 급속 주입하세요. 기관내삽관과 중심정맥관 삽입을 준비하고 CT실에 연락해서 촬영 준비하세요."

환자는 응급실 중환자 구역으로 옮겨졌다. 간호사가 환자의 왼팔에 정맥주사를 연결했다. 닥터K는 환자의 머리맡에 서서 후두경을 환자의 입에 넣어 젖히고 간호사가 건네준 플라스틱 관을 밀어넣었다. 플라스틱 관이 고정되자 노빈손은 재빨리 앰부백을 플라스틱 관에 연결했다. 노빈손이 주머니를 움켜쥐자 환자의 가슴이 올라갔다. 청진기로 기관내삽관이 성공했음을 확인한 닥터K는 노빈손에게 말했다.

보통 주사는 팔과 다리에 있는 혈관에 놓죠? 근데 심각한 환자에게는 심장으로 직접 연결되는 큰 정맥(중심정맥)에 여러 약물과 많은 수액을 넣어야 하는 경우가 있어요. 이를 위해 중심정맥에 관을 삽입하는데, 이걸 중심정맥관이라고 불러요.

"1분에 12회 정도만 호흡시켜! 인공호흡기는 CT를 찍고 온 후에 연결한다. 그때까지는 노빈손 선생이 수고해야 해."

노빈손은 "네" 하고 힘차게 대답했다. 그러나 정작 닥터K는 노빈손의 대답에 별다른 관심을 기울이지 않았다. 어느새 그는 수술 장갑을 착용하고 환자의 오른쪽 어깨, 그러니까 쇄골 바로 아래를 갈색 소독약으로 문지르고 있었다. 환자의 오른쪽 어깨와 위쪽 가슴이 완전히 갈색이 될 만큼 꼼꼼히 문지른 후, 완전 소독된 녹색 수술포를 덮었다. 그리고 보통 주사와는 비교할 수 없이 긴 바늘이 달린 주사기를 집어 들었다.

"우어어~ 선생님! 무, 무슨 주삿바늘이 그렇게나 무시무시하게 길어요?"

노빈손의 말에 아랑곳없이 닥터K는 그 긴 바늘을 환자의 오른쪽 쇄골 바로 아래로 길게 찔러 넣었다. 한참 찔러 넣더니 멈추고는 주사기를 당기자 검붉은 피가 뽑혀 나왔다. 닥터K는 왼손으로 주사기가 움직이지 않도록 움켜잡고, 오른손으로 길고 가는 철사 같은 도구를 주사기 뒤에 난 작은 구멍으로 밀어 넣었다. 놀랍게도 그 긴 철사는 주사기 뒤의 작은 구멍을 통해 환자의 몸으로 들어갔다.

긴 철사를 끄트머리만 조금 남기고 모두 밀어 넣은 닥터K는, 이제 철사만 남기고 주사기를 뒤로 뽑아냈다. 그러자 환자의 쇄골 아

앰부백이란, 스스로 숨 쉬기 어려운 환자의 호흡을 돕는 도구예요. 환자에게 인공호흡기를 연결하기 전까지, 럭비공처럼 생긴 공기 주머니를 사람이 직접 손으로 주물러서 환자의 폐에 공기를 들여보내죠.

래로 긴 철사 끄트머리만이 10센티미터가량 드러났다. 닥터K는 그 철사에 다시 가늘고 긴 튜브를 꽂았다. 철사가 몸으로 들어간 길이만큼 튜브를 밀어 넣더니, 이번에는 튜브만 남기고 철사를 뽑아냈다. 그러고는 튜브 끝에 주사기를 연결하여 소량의 피를 뽑아냈다.

"중심정맥관 삽입했습니다. 이제 이쪽으로 수액을 연결할게요."

닥터K는 간호사에게 말하며 튜브 끝에 연결한 주사기를 제거했다. 그러자 간호사가 주사기가 제거된 튜브 끝에 수액을 연결했다. 노빈손은 앰부백을 규칙적으로 주무르면서, 제 눈으로 목격한 놀라운 광경에 넋을 잃었다.

"기관내삽관과 중심정맥관 확보를 끝냈으니 CT실로 환자를 옮기겠습니다."

머리 CT, 그리고 가슴과 골반, 목 쪽에 엑스레이를 시행하는 시간은 길지 않았다. 그동안 노빈손은 쉬지 않고 앰부백을 쥐어짰다. CT와 엑스레이는 방사선을 이용하는 검사인 만큼, 노빈손은 무거운 차폐복을 입어야 했다. CT와 엑스레이를 찍고 돌아오니 닥터K가 환자에게 인공호흡기를 연결했다. 노빈손은 더 이상 환자 옆에 붙어 앰부백을 주무를 필요가 없었다.

뇌의 동맥이 터져서 뇌 속에 혈액이 넘쳐흐르는 상태를 뇌출혈이라고 부르는데요, 외상성 경막외 출혈은 그것의 일종입니다. 머리뼈, 즉 두개골 골절이 함께 생긴 경우가 많아요.

닥터K는 심각한 표정으로 진료용 컴퓨터에서 환자의 CT 영상을 확인했다. 겨우 여유를 되찾은 노빈손은 그제야 환자가 외국인이란 것을 알아차렸다. 환자는 건장한 체격의 백인이었다.

"선생님! 환자가 외국인이에요!"

노빈손은 깜짝 놀라 말했으나 닥터K는 시큰둥했다.

"노빈손 선생! 지금 환자의 국적이 문제가 아냐. 우리는 경찰이 아니라 의사라고!"

닥터K는 심각한 표정으로 환자의 CT 영상을 계속 살펴봤다.

"이런, 외상성 경막외 출혈이 너무 심하고 두개골 골절도 있군. 응급수술을 하지 않으면 생명이 위험하겠어!"

닥터K는 안타까운 표정으로 중얼거리더니 휴대전화를 꺼내 어딘가로 전화를 걸었다.

"응급의학과 전임의 경훈입니다. 환자는 40대로 추정되는 백인 남자로, 뺑소니 교통사고로 부상을 입은 것으로 추정됩니다. 119 구급대를 통해 도착했고, 혼미한 의식 상태와 저혈압을 보여 기관 내삽관과 중심정맥관을 확보하고 머리 CT를 시행했습니다. CT 결과, 오른쪽 두정엽과 측두엽에 외상성 경막외 출혈이 확인되었습니다. 응급수술이 필요해 보입니다."

닥터K가 신경외과 당직의사와 통화하는 동안 노빈손은 치워 둔 환자의 옷가지에 다가갔다. 주머니를 비롯해 여기저기를 뒤졌으나

전임의란, 인턴과 레지던트 같은 '전공의' 과정을 마치고 '전문의'가 되었으나, 좀 더 경험을 쌓기 위해 대학병원에서 일하는 의사를 부르는 말이에요. 교수가 되는 것을 목표로 하는 경우가 많죠. 인턴, 레지던트, 전문의 등에 대해서는, 책 맨 뒷부분 '의사가 되고 싶은 여러분께…'에서 좀 더 자세히 알려 줄게요.

신분증이나 여권은 없었다. 지갑과 수첩도 없었고 휴대전화도 없었다. 한참 뒤진 끝에 겨우 작은 물체를 하나 찾아냈다. 엄지손톱 크기의 USB였다. 노빈손은 닥터K에게 말하려 했으나, '우리는 경찰이 아니라 의사라고!' 하며 소리칠 게 뻔해 이내 그만두었다. 대신 환자가 의식을 회복하면 돌려주어야겠다고 생각하고, 그때까지는 자신이 잘 챙겨 두기로 마음먹었다.

환자는 20분 후 수술실로 옮겨졌다.

3

응급의료센터에
닥친 대위기

쓰러진 스머글러

걸음을 옮길 때마다 스머글러의 다리는 후들거렸다. 이마부터 등줄기까지 식은땀이 비 오듯 쏟아졌으며 어지럽고 힘이 없었다. 토할 것처럼 속이 울렁거렸다. 당장 쓰러질 것 같았으나 스머글러는 이를 악물고 다리를 움직였다.

'이제 거의 다 왔어. 조금만 힘내자!'

스머글러는 배에 남아 있는 아프리카인 선장과 선원들의 모습을 떠올렸다.

'그래, 그 흑인 녀석들과 함께 죽을 수는 없지!'

배는 아수라장이었다. 30명을 헤아리는 선원 가운데 아프지 않은 사람은 서넛에 불과했다. 누워 있는 것 외에는 아무것도 하지 못하는 사람이 10명을 넘었고, 그중 절반은 아직 약한 숨이 붙어 있긴 하나 시체나 다름없었다. 계속 배에 머무르면 어떤 운명을 맞을지 뻔했다. 정상적인 절차를 따르자면 항구의 검역 담당 기관에 신고하고 기다려야 했다. 실제로 선장은 그렇게 하기로 결정했다. 한국의 검역 당국에 연락하고 상륙하지 않은 채 배에서 기다리자는 것이었다. 생각하니 화가 치밀었다.

"멍청한 흑인 녀석!"

스머글러는 그러면 모두 죽을 거라 말하며 선장을 설득하려 했다. 심지어 돈을 주고 마음을 돌려 보려고도 했으나 그는 고집을 꺾지 않았다. "항구에 내리면 무고한 사람들까지 위험해집니다." 선장은 그렇게 말하며 스머글러의 제안을 거절했다. 정의롭고 양심적인 흑인이라니! 뇌물을 거부하는 흑인이라니! 결국 스머글러는 혼자서 몰래 구명보트를 타고 빠져나왔다.

항구에 숨어드는 것은 스머글러 같은 밀수꾼에게는 어려운 일이 아니었다. 구명보트는 잘 숨겼고, 이제 절단기로 철조망을 끊고 빠져나가면 그만이다. 그리고 가장 좋은 병원으로 달려가 치료를 받으면 조금이라도 살 가능성이 높아질 것이다. 다른 사람들? 다른 사람들이야 어찌 되든 관심 없다. 그때였다.

"거기 누구요? 당장 멈춰요!"

가까스로 철조망에 도착한 스머글러가 힘겹게 절단기를 집어든 순간, 손전등 불빛과 함께 목소리가 들렸다. 경비견이 사납게 짖는 소리도 들렸다. 밀수와 밀입국을 감시하는 보안요원이었다. 스머글러는 절단기를 떨어트리고 달아나려 했다. 그러나 몇 걸음 가지 못하고 쓰러졌다. 쓰러진 스머글러는 심하게 토하기 시작했다. 그가 토한 건 보통 토사물이 아니었다. 스머글러는 의식이 희미해져 가는 가운데서 비릿한 피 냄새를 맡았다.

환자분류소의 인턴 나착한

평소 휴일 밤과 달리 응급실은 비교적 한산했다. 인공호흡기를 사용하는 환자도 없고 중증 외상 환자도 없었다. 수술을 기다리는 담낭염 환자와 입원을 위해 대기 중인 골절 환자가 몇 명 있을 뿐이다. 이대충은 잠깐 의국에 들어가 쉬기로 마음먹었다.

'절대로 나태한 게 아니야. 이렇게 조용할 때 쉬어야 바쁠 때 힘내서 열심히 일할 수 있어.'

스스로를 설득하기 위해 이대충은 중얼거리면서 힐끗 의국 분위기를 살폈다. 닥터K는 오늘 근무일이 아니다. 그러나 휴무에도 병원에 자주 나타나기에 주의해야 했다. 아무리 응급실이 조용해도 닥터K는 당직 근무자가 의국에서 쉬는 것을 아주 싫어했다. 다행히 닥터K는 없었다. 안심한 이대충은 의국 의자에 앉았다. 그러고는 주머니에 있던 햄버거를 꺼내 크게 한 입 베어 물었다.

"띠리리리리리~ 띠리리리리리~"

그때 요란하게 의국의 비상전화가 울렸다. 이대충은 입에 든 햄버거를 급하게 삼키고는 허겁지겁 전화를 받았다.

"연남대학교병원 응급의학과 레지던트 이대충입니다."

전화기 너머에서 다급한 목소리가 들려왔다.

"119 상황실입니다. 오늘 도민 교수님이 응급실 당직 책임자로

의국이란, 대형 병원에서 각 진료과의 의사들이 본부로 쓰는 사무실이에요. 내과 의국은 내과 의사들의 본부, 외과 의국은 외과 의사들의 본부인 셈이죠.

등록되어 있는데, 계십니까?"

이대충은 킥킥 웃을 뻔했다. 전화기 너머 119 상황실 대원은 신참인 듯했다. 고참이라면, 도미니 교수가 응급실 당직인 날에도 실제로 근무하는 경우가 거의 없다는 것을 모르지 않을 테니까. 그날도 도미니는 응급실이 조용한 것을 확인하고는 이대충에게 맡겨두고 연구실로 가 버린 상황이었다.

"네. 지금 좀 바쁘십니다."

이대충은 능청스레 거짓말했다. 그렇게 말하면, 평소 같았으면 119 상황실 대원은 당직 책임자인 도민 교수에게 내용을 전달해 달라고 말했을 것이다. 그러나 이번에는 달랐다.

"지금 아주 급하고 중요한 문제가 있습니다. 교수님 휴대전화 번호라도 알려 주세요!"

함부로 휴대전화 번호 같은 정보를 알려 줄 수는 없다. 다른 문제도 많으나, 무엇보다 도미니가 엄청나게 화낼 가능성이 높기 때문이다. 그러나 이번에는 무엇인가 진짜 큰일이 생긴 듯했다. 눈치 빠른 이대충은 도미니의 전화번호를 알려 주었다. 전화기 너머의 대원은 고맙다고 말하고 전화를 끊었다. 무슨 일인지 조금 궁금했으나 호기심이 많지 않은 이대충은 다시 햄버거 먹기에 집중했다. 그렇게 햄버거를 거의 다 먹었을 때쯤 갑자기 의국 문이 열렸다. 이대충은 닥터K인 줄 알고 깜짝 놀랐으나 다행히 도미니였다.

"이대충 선생, 여기 있었군!"

백발에 잘 차려입은 옷은 평소와 다름없었으나, 도미니답지 않게 흥분하고 긴장한 표정이었다. 이대충은 본능적으로 변명하기 시작했다.

"너무 바빠서 저녁을 먹지 못했는데, 환자들 앞에서 먹기가 좀 그래서 햄버거 하나 먹으려고 방금 의국에 들어왔습니다."

도미니는 이대충이 의국에 있는 이유에는 별다른 관심이 없었다. 도미니는 이대충의 어깨에 손을 올렸다. 작은 백발의 도미니가 자신보다 덩치가 큰 이대충의 어깨에 손을 올리는 모습은 조금 우스꽝스러웠다.

"이대충 선생! 아주 중요한 일을 좀 맡아 주어야겠어!"

도미니의 말에 이대충은 꿀꺽 침을 삼켰다. 중요한 일이라고?

"지금 외국인 환자가 한 명 오고 있나 봐. 항구에 몰래 들어오려다 잡혔는데, 열이 나고 설사가 심하고 토혈을 한다는군. 그런데 알다시피 우리 병원이 권역응급의료센터고 국가지정 격리병상도 갖추고 있지 않나. 그래서 우리가 환자를 진료해야 해."

외국인? 발열? 설사? 토혈? 이대충은 어안이 벙벙했다. 종합하면, 배를 타고 와서 몰래 항구로 들어오려던 외국인이 체포되었는데 몸이 아프다는 얘기였다. 발열, 설사, 토혈이라니! 메르스? 아니, 메르스의 증상은 호흡곤란과 심한 폐렴이다. 그렇다면 에볼라?

심각한 전염병에 걸린 환자가 발생하면, 다른 사람에게 병을 옮기는 것을 막기 위해 국가가 엄격히 관리하는 병실에 그 환자를 수용해요. 국가지정 격리병상이란 그런 병실을 가리키는 말이에요.

"그런데 알다시피 나는 권역응급의료센터장이 아닌가. 내가 아프거나 쓰러지면 센터 전체에 문제가 생겨. 그러니 이대충 선생, 자네가 환자분류소에서 환자를 확인해 줘야겠어. 부탁하네!"

이대충이 뭐라 얘기할 틈을 주지 않고 도미니는 아주 빨리 사라졌다. 이대충은 울상이 되었다. 에볼라인지 아니면 더 무서운 병인지 알 수 없는 외국인 환자를 직접 진료하라니! 도미니 자신도 무서워서 피한 것이 틀림없으나 레지던트인 이대충이 교수에게 항의할 수는 없다. 그때 이대충의 머릿속에 좋은 생각이 떠올랐다. '레지던트인 내가 교수인 도미니에게 항의할 수 없듯, 응급실 인턴이 응급의학과 레지던트인 나에게 항의할 수 없겠지?' 이대충은 놀란 마음을 쓸어내리며 응급실로 향했다.

이대충이 응급실에 들어서자 마침 나착한이 눈에 띄었다. '그래, 확실히 적절한 선택이야. 노빈손에게 맡기기에는 너무 중요한 일이지. 나착한이라면 차분하게 해낼 수 있을 거야.'

"나착한 선생."

이대충은 조용히 나착한을 불렀다. 나착한은 '네' 하고 대답하며 이대충에게 다가갔다.

"지금 119 구급대가 외국인 환자를 이송해 올 거야. 그런데 도민 교수님께서 내게 서류 작업을 맡겨서 말야…. 혹시 환자분류소를 봐 줄 수 있겠어?"

나착한은 별일 아니라는 듯 고개를 끄덕였다.

"그런데 이대충 선생님, 혹시 심각한 환자인가요? 전염병 같은 거라면… 보호구를 착용해야 하나요?"

나착한의 말에 이대충은 전혀 아니라는 듯 고개를 가로저었다.

"아니야. 그냥 복통 환자인 것 같아. 어쨌든 잘 부탁해."

이대충은 쏜살같이 응급실을 빠져나왔다. 에볼라인지 아닌지 아직은 알 수 없으나 응급실에서 최대한 멀리 떨어져 있어야 한다고 생각했기 때문이다.

나착한은 조금 긴장했다. 노빈손처럼 닥터K와 함께 환자분류소를 담당한 적은 있으나, 전문의나 레지던트의 감독 없이 혼자 환자분류소를 담당하는 것은 처음이기 때문이다. 특히 외국인 환자라 더욱 그랬다. '환자가 영어를 할 줄 알까?' 영어를 할 수 있는 환자라면 다행이다. 그러나 환자가 영어를 할 줄 모른다면 의사소통이 어려울 가능성이 높다. 의사소통이 원활하지 않다면 진료가 순조롭게 진행되지 않을 수도 있다. 그때 요란한 불빛과 함께 구급차가 응급실 앞에 멈추었다. 나착한은 자신도 모르게 자리에서 벌떡 일어났다. 그런데 깜짝 놀랄 모습이 펼쳐졌다.

운전석과 조수석에서 내린 구급대원들의 복장이 평범하지 않았다. 노란색 보호복을 입고 장갑을 끼고 장화를 신었다. 예사롭지 않은 마스크를 착용했고 고글을 쓰고 있었다. 그리고 보호복, 장갑, 장화, 고글, 마스크의 이음새는 모두 테이프로 밀봉되어 있었다. 구급차의 뒷문이 열리고 이동식 침대와 함께 내린 다른 구급대원도 같은 차림이었다.

나착한은 깜짝 놀랐고 심장이 터질 듯 두근거렸다. 이대충의 말과 달리 환자는 평범한 복통 환자가 아니었다. 구급대원의 보호 장비를 보니 심각한 전염병이 의심되는 환자로 예상되었다.

'아, 어쩌지? 보통 상황이 아닌가 본데…'

솔직한 마음으로는 나착한 자신도 도미니와 이대충처럼 도망치고 싶었다. 그러나 그럴 수는 없었다. 아무리 인턴이라도 의사의 책임감을 그렇게 내버릴 수 없었다.

"어서 응급실에 있는 환자들을 내보내세요! 그리고 간호사나 다른 직원들도 환자분류소에서 당장 나가세요!"

나착한은 크게 소리쳤고 응급실은 순간 술렁거렸다. 잠시 동안 혼란스러웠으나, 구급대원이 환자가 누운 이동식 침대를 밀고 응급실 안으로 들어왔을 때 환자분류소에는 이미 나착한만 남아 있었다. 나착한은 환자에게 다가가 혈압과 체온을 측정했다. 혈압은 80에 60으로 낮았고 체온은 무려 40도에 달했다. 환자는 피까지 토하고 있었다. 나착한은 애써 마음을 가라앉히며 휴대전화를 꺼내 김멸균 교수 전화번호를 찾았다. 바로 통화 버튼을 눌렀다.

"교수님. 지금 응급실에 전염병 환자가 있어요. 혈압이 낮고 고열과 토혈이 동반되어 출혈열 같은데 정확히 무슨 출혈열인지는 모르겠어요. 환자분류소를 폐쇄하고 보호구를 착용한 사람만 들어와야 할 것 같아요. 노출된 사람은 아직 저뿐이에요."

통화를 마친 나착한은 결국 울음을 터트렸다.

 **선생님 큰일 났어요!**

4월이지만 아직 새벽 공기는 차가웠다. 그래도 닥터K는 운동화 아래 느껴지는 육상 트랙의 감촉이 좋았다. 어둠이 짙게 깔린 대학 운동장에서 닥터K는 트레이닝복에 형광색 조끼를 입고 장갑을 낀 채 홀로 달리고 있었다. 그때 조끼 주머니가 요란하게 떨렸다. 닥터K는 달리기를 멈추고 주머니에서 휴대전화를 꺼냈다.

'병원이군.'

거친 호흡을 고르며 전화번호를 확인했다. 깊은 새벽에 병원에서 걸려 온 전화라⋯. 불길한 예감이 들었다.

"응급의학과 경훈입니다."

왼손으로 이마의 땀을 닦으며 말했다. 전화기 너머에서는 다급한 목소리가 들려왔다.

"저 노빈손이에요! 선생님, 큰일 났어요! 큰일!"

닥터K의 얼굴이 찌푸려졌다. '대체 무슨 일일까?'

"피를 토하는 환자가 실려 왔어요! 아무도 없어요! 착한이가⋯ 착한이가⋯. 선생님, 어떡해요! 우리 이제 어떡해요!"

전화기 너머에서 노빈손은 울먹였다. 닥터K는 차분하게 말했다.

"노빈손 선생! 정신 차려! 무슨 말인지 알아들을 수 없잖아. 크게 숨을 들이쉬고 내쉬어 봐. 그리고 차근차근 얘기해 보라고."

전화기 너머로 심호흡 소리가 들렸다. 안정을 찾은 노빈손이 다시 얘기를 시작했다.

"119 구급대가 외국인 환자를 데려왔어요. 외국인이고, 몰래 항구 철조망을 끊고 들어오다가 붙잡혔는데 아파했대요. 그런데 그냥 아픈 것이 아니라 고열이 나고 피를 토했어요."

정상적으로 입국 심사를 통과할 수 없는 사람이나 몰래 항구를 통해 밀입국한다. 정상적으로 입국 심사를 받았다면 고열 때문에 당연히 격리되었을 것이고, 혹시 심각한 전염병이 아닌지 검사받았을 것이다. 따라서 환자는 자신이 그런 질환에 걸렸다는 것을 알고서 몰래 들어오려 했을 가능성이 높다.

"119 구급대원이 이상한 복장을 하고 있지 않았어?"

전화기 너머 노빈손은 크게 대답했다.

"네, 맞아요. 우주복 같은 옷을 입고 있었어요. 그런데 산소통은 달고 있지 않았어요."

산소통이 달리지 않은 우주복이라면 C급 보호구다. 병원이나 119 구급대에서 일반적으로 사용하는 보호구 가운데 가장 높은 등급의 것이다. C급 보호구는 공기를 통해 전염되지는 않으나 기침이나 구토를 할 때 발생하는 눈에 보이지 않는 작은 체액 방울로도 전염될 수 있는 질환에 사용한다. 구급대원이 C급 보호구를 착용했고, 환자는 고열과 토혈 증세를 보이고, 그가 탄 배가 서아프리카에서 출항했다면… 에볼라일 가능성도 배제할 수 없었다.

"그런데 왜 구급대가 연락도 없이 그런 환자를 데려온 거야?"

전화기 너머 노빈손이 다시 울먹이면서 대답했다.

"119에서는 연락했대요. 도민 교수님께….'

그리고 보니 그날 당직은 도미니였다. 도미니가 당직 교수, 이대충이 당직 레지던트였다. '에볼라 의심 환자가 온다는 얘기를 듣고 도망쳤구나!' 닥터K는 한숨을 내쉬었다. 평소의 도미니를 생각하면 놀랍지 않았다. 그렇다면 이대충도 도망갔을까?

"이대충 선생은 어디 있어?"

노빈손은 여전히 울먹이며 대답했다.

"이대충 선생님은 나착한에게 환자가 오니 환자분류소를 보라고 하고 사라졌대요."

닥터K는 다시 한번 한숨을 내쉬었다. 틀림없이 도미니는 이대충에게 에볼라 의심 환자를 떠넘겼을 테고, 눈치 빠른 이대충 역시 나착한에게 떠넘기고 사라졌을 것이다.

"박빌런 교수는 어디 있어?"

박빌런에 대해 별다른 기대는 없었으나 일단 물어봤다.

"전화기가 꺼져 있고 집 전화도 받지 않으세요."

도미니, 박빌런, 그리고 레지던트 3년 차인 이대충까지 모두 도망치거나 잠적했다.

"노빈손 선생, 잘 들어. 내가 지금 바로 가서 응급실에 대한 책임을 맡을 거야. 응급실을 폐쇄하고, 환자분류소에 있었던 사람은 거기서 나오지 못하도록 해야 해. 그리고 김멸균 교수님께 연락해서 C급 보호구가 필요하다고 전해. C급 보호구가 필요한 상황이 응급실에 발생했다고 하면 아실 거야. 알겠어?"

노빈손은 울음을 그치지 않았다. 닥터K는 단호하게 말했다.

"노빈손, 정신 차려! 운다고 일이 해결되지 않아. 응급실을 폐쇄하고 환자분류소에 있었던 사람은 나오지 못하게 하고, 김멸균 교수님께 연락해서 C급 보호구 필요하다고 전해. 알겠어?"

노빈손이 울먹이며 대답했다.

"김멸균 교수님이 방금 오셨어요. 나착한이 연락했나 봐요. 바꿔 드릴게요."

이윽고 김멸균 교수의 목소리가 들렸다.

"경훈 선생, 나 김멸균이네. 환자는 콩고민주공화국에서 출발한 배를 타고 왔어. 지금 검역관들이 배에 진입했는데 거기 비슷한 환자가 많나 봐. 에볼라일 가능성이 높아."

닥터K는 고개를 끄덕이며 답했다.

"네, 최대한 빨리 가겠습니다. 그때까지 잘 부탁드립니다!"

전화기 너머에서 김멸균 교수의 침착한 목소리가 들렸다.

"걱정하지 말게나."

 ## C급 보호구

C급 보호구는 입는 것부터 어려웠다. 맨 처음 바지를 입고 무릎까지 올라오는 긴 장화를 신는 것은 양손이 자유로우니 크게 어렵지 않았다. 그러나 상의를 입고 나니 완전히 달라졌다. 우주복 같은 느낌의 상의는 크고 뻣뻣해서 팔을 들고 내리는 것조차 힘들었다. 손으로 머리를 만지기도 힘들었다. 그런 상황에서 장갑, 두건, 고글, 마스크를 착용해야 했다. 또 에볼라 바이러스가 의심되는 상황이라 고글, 두건, 마스크, 보호복, 장갑, 장화의 이음새를 모두 테이프로 밀봉해야 했다.

"노빈손, 꾸물거리지 마!"

닥터K였다. 그는 찡그린 표정으로 여느 때처럼 노빈손에게 호통을 쳤다. 그러나 거친 말과 달리 노빈손에게 다가와 보호구 착용을 도와주었다. 닥터K는 노빈손에게 두건, 마스크, 고글을 차례로 씌워 주고 장갑을 끼워 준 다음 이음새를 테이프로 밀봉했다. 닥터K가 보호구를 입을 때는 김멸균 교수가 도왔다. 닥터K와 김멸균 교수는 굳은 표정으로 별다른 말을 주고받지 않았다. 노빈손은 두려움에 찔끔찔끔 나오는 눈물을 애써 참았다.

C급 보호구 착용이 끝나자 닥터K는 환자와 의료진을 대피시켜 텅 비어 버린 응급실을 지나 환자분류소로 향했다. 환자분류소에

는 격리를 위한 간이 막이 설치되어 있었다. 닥터K는 간이 막의 출입문을 열고 안으로 들어갔다. 안에는 C급 보호구를 착용한 간호사들이 환자들에게 수액과 약물을 투여하고 있었다. 평소라면 손쉽게 할 수 있는 작업이었으나 C급 보호구의 두꺼운 장갑을 착용한 상태에서는 쉽지 않았다. 닥터K는 격리병상에 누워 있는 나착한에게 다가갔다.

"나착한 선생, 몸은 좀 어때?"

C급 보호구를 착용하고서는 대화가 어려워 마이크를 착용한 상태였다. 닥터K의 목소리는 작은 블루투스 스피커를 통해 흘러나왔다. 보호구 때문에 처음에는 닥터K를 알아보지 못한 나착한도 목소리를 듣자 애써 웃었다.

"아직 괜찮습니다!"

그러나 나착한의 체온은 39도였다. 닥터K는 당혹스러웠다. 전염병에는 잠복기가 있다. 에볼라 바이러스의 잠복기는 보통 짧게는 2일, 길게는 21일이다. 노출되고 대여섯 시간밖에 지나지 않은 나착한에게 벌써 고열이 나타나는 것은 특이한 일이었다.

"알다시피 에볼라 바이러스일 가능성이 높아. 해열제를 투여하고 적극적으로 수액 치료를 할 거야. 그리고 지맵(ZMapp) 같은 실험 단계 신약도 구할 수 있는지 김멸균 교수님이 알아보고 있어."

닥터K의 말이 끝나자 한 걸음 뒤에 있던 노빈손도 나착한에게

세균이나 바이러스에 감염되었다고 해서 증상이 바로 나타나는 건 아니에요. 증상이 나타날 때까지 짧게는 몇 시간, 길게는 몇 개월까지도 시간이 걸리죠. 이 기간을 잠복기라 불러요.

다가갔다.

"착한아, 걱정하지 마. 담배로 만든 약으로 에볼라를 치료한 적이 있다고 하니까. 담배는 구하기 쉽잖아."

노빈손의 말에 나착한은 아픈 가운데도 미소를 지었다. 닥터K는 노빈손 쪽으로 고개를 돌렸다. 고글과 마스크 때문에 잘 보이지 않았으나 화난 표정이었다.

"노빈손! 담배라니, 무슨 얘기야! 그건 담배로 만든 약이 아니라고! 유전자 조작으로 에볼라 바이러스 항체를 생산하도록 만든 담뱃잎을 키워 수확한 다음, 거기서 에볼라 바이러스 항체를 추출하는 거야. 아무 담뱃잎이나 가져와서 만들 수 있는 게 아니라고! 그게 바로 김멸균 교수님이 구하러 간 지맵이야!"

이번에는 노빈손도 움츠러들지 않았다.

"그러니까 담배로 만든 약 맞잖아요!"

"아무 담뱃잎으로나 만들 수 있는 게 아니라, 유전자 조작으로 만든 특수한 담뱃잎에서만 추출할 수 있다니까! 그리고 그 담뱃잎이 한국에는 없다고! 미국에서도 조그마한 벤처기업에서 키우는 담뱃잎에만 있어. 아무 담뱃잎으로나 만들 수 있다면, 담배 피우는 사람은 에볼라 바이러스에 감염 안 되겠네!"

"몰라요. 어쨌거나 담배로 만드는 것은 맞잖아요오~!"

닥터K와 노빈손이 아옹다옹하는 모습에 나착한은 웃음을 터트렸다. 그 모습을 본 닥터K와 노빈손 모두 굳었던 마음이 잠시 누그러졌다. 어쨌거나 나착한이 잠시나마 웃었으니까. 나착한의 웃음을 잠깐 지켜보던 두 사람은 다음 환자에게 걸음을 옮겼다.

"잭 스머글러 씨!"

노빈손은 환자를 흔들어 깨우며 말했다. 출입국사무소와 검역소를 통해 확인한 그의 이름은 잭 스머글러였다. 그는 서아프리카 콩고민주공화국에서 출발한 화물선의 승객이다. 국제적으로 보호받는 멸종 위기 동식물을 몰래 거래한 혐의로 감옥에 간 적이 있다고 했다. 그는 고열과 탈수가 심해 처음에는 눈을 뜨지 못했다. 그러자 이번에는 닥터K가 거칠게 흔들었고 그는 겨우 눈을 떴다.

"당신, 도대체 배에 무엇을 실었던 거야?"

영어로 말하는 닥터K의 목소리에 분노가 실려 있었다. 그러나 스머글러는 다시 눈을 감고 아무 말도 하지 않았다. 닥터K는 다시 그를 흔들었다. 흔드는 정도가 아니라 호되게 혼내 주고 싶었다.

"이봐, 스머글러 씨! 말하지 않으면 당신만 손해야. 무슨 병인지 모르면 치료해 줄 수 없어!"

그러나 그 말에도 스머글러는 눈을 감고 가만히 있었다. 닥터K는 더욱 화가 치밀었다.

"이봐, 스머글러! 무슨 동물을 실었는지 당장 말하라고! 항해 도중에 죽어서 버린 동물까지 말해!"

여전히 스머글러는 눈을 감고 대답하지 않았다. 그러자 닥터K가 싸늘한 음성으로 말했다.

"당신 때문에 내가 지도하는 응급실 인턴이 감염되었어. 당신이 협조하지 않으면 당신뿐만 아니라 그 인턴도 위험해져. 이봐, 잘 생각하라고. 여기는 한국이야. 당신네 나라가 아니고, 이 병원에 당신네 나라 의사는 없어. 더구나 당신은 범죄자야. 협조하지 않으면 내가 당신에게 무슨 일을 벌일지 누가 알아?"

그 말에 스머글러는 천천히 눈을 떴다. 그 모습을 보며 닥터K는 "비열한 녀석"이라 중얼거렸다. 스머글러는 천천히 말했다.

"침팬지. 침팬지를 실었어."

침팬지는 생체 실험용으로 수요가 많은 동물이다.

"그런데… 피를 토하고 설사하더니 죽었어. 그래서 버렸지."

예상이 맞았다. 확실히 에볼라일 가능성이 높다고 닥터K는 생각했다.

"그다음에는 선원들이 아팠겠군."

스머글러는 고개를 끄덕였다. 닥터K는 스머글러를 두고 돌아섰다. 그러자 스머글러가 온 힘을 다해 소리쳤다.

"이봐! 나는 살아야 해!"

그러나 닥터K는 아무 말도 하지 않고 환자분류소를 빠져나갔다. 노빈손도 서둘러 닥터K를 따라갔다.

 **치료법이 있습니까?**

회의실은 어두웠다. 한쪽 벽에 설치된 거대한 스크린만 밝게 빛났다. 방 한가운데 원탁에는 병원장, 김멸균 교수, 도민, 박영웅과 닥터K를 포함해 10명 남짓한 사람이 앉아 있었다. 김멸균 교수가 마이크를 잡았다.

"에볼라 바이러스는 RNA 바이러스로, 필로바이러스에 속합니다. 콩고민주공화국이 주된 유행 지역이나, 라이베리아와 나이지리아부터 남아프리카공화국 북부까지, 중서부 아프리카에 분포합니다. 박쥐가 주된 숙주로 알려져 있고 원숭이, 침팬지, 인간 같은 영장류가 감염되면 발열, 구토, 설사 같은 초기 증상이 나타납니다. 출혈열로 악화하면 안구 출혈, 토혈, 혈변, 신부전, 폐렴 같은 증상이 나타나며 치사율은 50 내지 90퍼센트입니다. 공기로 전염되는 질환은 아니며 감염된 숙주나 동물, 환자의 체액을 통해 감염됩니다. 실험 단계의 치료약이 있으나 현재까지 입증된 치료약과 백신은 없습니다."

이어서, 옆에 앉은 닥터K가 마이크를 넘겨받았다.

"1번 환자인 잭 스머글러는 콩고민주공화국에서 출발하는 화물선에 탑승했습니다. 현재까지 밝혀진 자료에 의하면 희귀 동식물 밀수업자로 추정되고, 이번에 화물선에 탑승한 목적도 희귀 동식

바이러스는 완벽한 세포가 아니어서, 자신의 유전자 정보는 가지고 있지만 자신과 같은 바이러스를 만들 수 있는 다른 기관은 가지고 있지 않아요. 그래서 다른 세포를 감염시키고 자신의 유전자 정보를 그 세포에 끼워 넣어 자신과 같은 (옆에서 계속 …)

물을 중국과 한국에 몰래 들여오기 위한 것으로 보입니다. 밀수하려는 희귀 동식물 가운데 침팬지가 수십 마리 있었는데 항해 중구토, 설사, 토혈, 혈변을 보이며 죽었고 사체는 바다에 던졌다고 합니다. 아마도 침팬지들은 배에 타기 전 에볼라 바이러스에 감염된 상태였고, 그러면서 선원들과 스머글러도 감염된 것 같습니다. 스머글러는 밀입국을 시도하다 항구 보안요원에게 적발되었고 상태가 좋지 않아 119 구급대가 출동했습니다. 119 구급대는 다행히 보호복을 가지고 출동해서 현장에서 노출된 사람은 없습니다. 항구 보안요원은 격리되어 있으며, 아직 증상은 없습니다."

닥터K는 맞은편에 앉은 도미니를 노려보며 말을 이었다.

"다만 119 구급대가 환자를 데리고 본원 응급실에 도착했을 때 의사소통 문제로 응급실 인턴 한 명이 노출되었습니다. 안타깝게도 현재 에볼라 출혈열 증상이 있으며, 인턴과 스머글러 모두 RT-PCR 검사에서 에볼라 바이러스 감염으로 확진되었습니다."

회의실 여기저기서 웅성거림과 한숨 소리가 들렸다.

"119 구급대에 저도 확인해 봤는데, 전염병 의심 환자를 우리 병원으로 이송하겠다는 연락을 했다더군요. 응급의료센터장 도민 교수님, 어떻게 된 일입니까?"

병원장이 도미니를 바라보며 날카롭게 물었다. 도미니는 겸연쩍은 표정으로 말했다.

바이러스를 만들죠. RNA와 DNA는 그런 유전자 정보를 의미하고, 유전자 정보를 어떤 방식으로 가지고 있느냐에 따라 RNA 바이러스와 DNA 바이러스로 나뉘어요. '필로바이러스'는 RNA 바이러스의 한 종류이고요. 좀 어렵죠?

"네, 119 상황실에서 그렇게 연락받고 응급의학과 당직 레지던트에게 지시했습니다만, 뭔가 착오가 있었나 봅니다."

도미니의 말에 병원장이 얼굴을 찌푸렸다.

"센터장님! 다른 사람도 아니고 센터장님께서 그렇게 말씀하시면 어떡합니까! 119 상황실에서 센터장님께 직접 연락했고 정체불명의 전염병이 의심되는 상황인데 레지던트에게 지시하다니요. 센터장님이 직접 나서야 하는 사안이 아닌가요?"

도미니의 얼굴이 붉어졌다.

"그게… 분명히 의국장 레지던트에게 말했는데 말입니다."

그러나 병원장은 도미니의 변명에 관심을 기울이지 않았다.

"그럼 대체 일이 어떻게 진행된 것입니까? 박영웅 교수님은 그때 무얼 하고 있었나요?"

병원장의 말에 박빌런은 어쩔 수 없었다는 표정으로, 배추머리 같은 머리카락을 긁적이며 대답했다.

"그게… 저는 그날 당직이 아니라서요. 그리고 어쩌다 보니 휴대전화 충전을 깜빡했지 뭡니까. 그래서 나중에야 알았습니다."

기가 막힌 병원장은 안경을 벗더니 손으로 눈 주변을 문질렀다.

"그럼 어떻게 응급실에서 환자와 노출된 의료진을 격리하고 진료를 시작할 수 있었나요?"

병원장의 말에 닥터K가 대답했다.

RT-PCR은 환자 진단에 사용하는 검사 방법이에요. 검체, 즉 검사할 물질에 있는 미생물이나 바이러스의 유전자를 증폭하여 병원균의 정체를 파악하는 검사죠.

"환자분류소에 있던 인턴이 상황의 심각성을 파악하고 다른 의료진의 접근을 통제한 다음 김멸균 교수님에게 연락했습니다. 그래서 김멸균 교수님과 감염관리팀이 도착했습니다. 저 역시 다른 응급실 인턴으로부터 연락받고 바로 출근했습니다."

병원장은 고개를 끄덕이더니 곧 절레절레 흔들었다.

"정말 어이가 없네요. 센터장님, 그리고 박영웅 교수님! 대체 무얼 하고 있었습니까? 설마 에볼라 출혈열이 의심되는 환자가 온다고 하니 겁나서 도망친 것은 아니겠죠?"

병원장의 허를 찌르는 질문에 도미니와 박빌런의 얼굴이 더욱 붉어졌다.

"아뇨! 절대 그런 것이 아니라⋯."

그때 닥터K가 병원장에게 말했다.

"원장님, 이미 벌어진 일은 어쩔 수 없습니다. 나중에 책임을 물어도 늦지 않고요. 지금은 환자 치료에 집중했으면 합니다."

병원장은 고개를 끄덕이고는 김멸균 교수를 바라보며 말했다.

"김멸균 교수님, 치료법이 있습니까?"

병원장의 질문에 김멸균 교수는 굳은 표정으로 대답했다.

"일단 본격적인 출혈열 증상이 나타나기 전부터 집중적으로 치료하는 것이 중요합니다. 아직 입증된 치료제가 없습니다. 환자 대부분은 탈수와 신부전 그리고 패혈증으로 사망합니다. 따라서 처음부터 대량의 수액을 투여하고 신부전이 발생하면 혈액투석, 때로는 에크모까지 시행하면서 환자가 회복되길 기다리는 수밖에 없습니다."

무거운 절망과 불안이 회의실 전체를 짓눌렀다.

"다만 2014년 서아프리카 에볼라 유행 때 미국 의료진은 지맵이란 실험적 약물을 사용했습니다. 담배 유전자를 조작해서 에볼라 바이러스에 대한 항체를 생산하게 만든 다음, 그렇게 재배한 담뱃

패혈증이란, 감염이 폐나 간, 신장 같은 하나의 장기에 머물지 않고, 혈액을 타고 몸 전체에 퍼져 독소를 퍼트리는 질환이에요. 고열과 의식 저하, 심한 저혈압이 나타납니다.

잎을 수확해서 에볼라 바이러스에 대한 항체를 추출하여 만든 약물입니다. 실제로 지맵을 투여하여 회복된 사례가 어느 정도 있는데, 그게 지맵의 효과라고 단정하기는 어렵습니다."

병원장은 벗었던 안경을 다시 쓰고 김멸균 교수에게 물었다.

"구할 수는 있습니까?"

그 말에 김멸균 교수는 짧게 대답했다.

"아직 국내에서는 허가되지 않았습니다. 일반적인 방법으로는 가능하지 않아 질병관리본부와 협의하고 있습니다."

그때 닥터K가 다시 마이크를 잡고 말했다.

"현재 스머글러와 응급실 인턴 둘 다 상태가 악화하고 있습니다. 특히 에볼라 바이러스의 잠복기가 2일 내지 21일임을 감안하면, 응급실 인턴은 이해할 수 없을 만큼 진행이 빠릅니다."

그 말에 김멸균 교수가 짧게 덧붙였다.

"RNA 바이러스는 DNA 바이러스보다 변종이 빨리 그리고 쉽게 발생합니다. 변종 에볼라 바이러스일 가능성도 있습니다."

닥터K가 말을 이어받았다.

"그래서 제 생각으로는 지맵 승인 여부와 관계없이 할 수 있는 모든 치료를 해야 할 것 같습니다. 따라서 아주 고전적인 방법도 고려해야 합니다."

그 말에 병원장이 다시 안경을 벗고 닥터K를 바라보며 말했다.

혈액투석이란, 신장의 기능이 저하되어 있을 때, 기계로 대신해서 혈액 속 노폐물을 제거하는 치료를 말해요.

"고전적인 방법이라면 어떤 게 있을까요? 저는 일반외과라서 짐작이 가지 않네요."

병원장의 말에 닥터K는 담담하게 이야기를 시작했다.

"보통 세균이나 바이러스에 감염되면 우리 몸은 항체를 생산합니다. 교수님들 모두 잘 알고 계시는 기본적인 의학 지식이죠. 따라서 에볼라 바이러스에 감염되었으나 사망하지 않고 회복한 사람의 혈청에는 항체가 있을 것입니다. 특히 회복한 지 얼마 되지 않은 사람에게는 남아 있는 항체의 양이 훨씬 많습니다. 이렇게 에볼라 출혈열에서 회복한 사람의 혈청을 모아 환자에게 수혈하는 치료법이 가능합니다. 콩고민주공화국에서 몇 차례 시도됐고, 2014년에는 미국인 환자에게 지맵과 함께 시행하기도 했습니다."

그러자 회의실의 웅성거림이 더욱 커졌다. 교수들이 모두 고개를 가로저었다.

"불가능합니다! 에볼라 출혈열에 걸렸다가 회복한 환자가 어디 있습니까? 더구나 회복한 지 오래지 않은 환자를 어디 가서 찾아옵니까?"

그 말에 닥터K는 의미심장한 표정으로 말했다.

"스머글러 씨가 타고 온 화물선의 선원들입니다. 상당수는 사망했고 증상이 심한 환자도 있으나, 증상이 전혀 없는 사람도 있고 아팠다가 회복한 사람도 있습니다. 확실하게 아팠으나 회복된 선원들을 데려와서 다른 감염 질환이 없는지 확인한 후 혈청을 채취해서 환자에게 투여하면 됩니다."

회의실은 소란스러워졌다.

"뭐라고요? 그러다가 에볼라가 병원에 더 퍼지면 어떡할 거요! 그리고 그게 알려지면 병원 평판에 심각한 해가 될 것은 불 보듯 뻔해요. 경훈 선생! 도대체 정신이 있는 거요?"

교수들이 자리에서 일어나 소리쳤다. 닥터K는 냉소를 띤 표정으로 그 광경을 바라보았고 김멸균 교수는 아무 말 하지 않았다. 그 짧은 소란은 병원장이 손바닥으로 책상을 내리치면서 끝났다.

"일단 확실히 회복한 환자만 데려오세요. 격리에 반드시 신경 써야 합니다."

그러면서 병원장은 회의실에 있는 모두를 바라보며 말했다.

"그리고 여기 있는 분들 가운데 누구도 이 계획을 언론이나 주변에 얘기하면 안 됩니다. 질병관리본부에는 제가 직접 연락해서 협의하겠어요."

 ## 시위대를 피해 병원으로

"선생님, 이 사람들은 모두 병이 나은 거 아닌가요?"

흔들리는 구급차 안에 앉아, 노빈손은 마이크를 통해 닥터K에게 말했다. 노빈손과 닥터K 모두 C급 보호구를 착용하고 있어 마이크와 이어폰을 통해서만 대화가 가능했다.

"확실히 감염되었고 또 확실히 회복된 사람들이지."

닥터K의 대답에 노빈손은 양팔을 휘저으며 말했다.

"그런데 왜 이 옷을 입어야 하나요? 이거 너무 불편한데…"

노빈손의 말에 닥터K는 쓴웃음을 지었다. 그러나 마스크, 두건, 고글 덕분에 노빈손에게는 그 표정이 보이지 않았다.

"아까 얘기했잖아. 회복기에도 바이러스가 검출되는 경우가 종종 있어서 회복된 환자들도 격리에 신경 써야 한다고."

노빈손은 고개를 끄덕이며 다시 물었다.

"그런데 선생님, 회복된 환자들을 왜 병원으로 데려가야 하는 건가요?"

노빈손의 물음에 닥터K는 화가 났다. 마이크와 이어폰을 통해서도 화난 기분이 전해질 만큼 크게 소리쳤다.

"노빈손, 그것도 말했잖아! 이 사람들의 혈청에는 에볼라 바이러스에 대한 항체가 풍부해서, 그 혈청을 뽑아 나착한에게 투여하면 치료 효과를 기대할 수 있다고! 몇 번이나 말했는데!"

그 말에 노빈손은 당황한 듯 고개를 끄덕이며 대답했다.

"아, 맞, 맞아요. 그랬죠. 나착한이 너무 걱정돼서 제가 듣고도 잊어버렸어요. 죄송해요."

그때 갑자기 구급차가 거칠게 멈추었다. 노빈손은 벽에 머리를 부딪칠 뻔했다.

"기사님, 제 예쁜 머리통에 혹 날 뻔했잖아요!"

노빈손은 툴툴거리며 말했다. 그때 닥터K가 노빈손의 두건을 손으로 톡톡 두드렸다. 노빈손은 닥터K를 바라봤다. 닥터K가 손으로 창밖을 가리켰다. 노빈손은 고개를 돌려 창밖을 바라보았다. 고글을 쓴 탓에 조금 어둡게 보였으나, 구급차 바깥에는 엄청나게 많은 사람이 모여 있었다. 그들은 하나같이 화가 난 듯했다.

"저 사람들 왜 저렇게 화난 거예요?"

노빈손이 묻자 이어폰을 통해 한숨 소리가 흘러나왔다.

"노빈손, 저 사람들은 시위대야."

그 말에 노빈손은 깜짝 놀랐다. '시위대라니? 저렇게 많은 사람들이 모여 시위를 벌일 일이 있을까?'

"선생님 무슨 시위대예요? 요즘 무슨 일이 있나요?"

노빈손의 물음에 다시 이어폰을 통해 한숨이 들렸다.

"노빈손 선생, 시위대의 목표는 우리야. 저 사람들은 우리가 에볼라에서 회복된 환자를 이송하는 것을 알고 있어."

노빈손은 다시 구급차 밖을 바라보았다. 시위대의 플래카드에는 '에볼라 출혈열이 웬 말이냐!' '에볼라에 걸린 흑인들을 어서 추방

하라!' '정부는 진상을 공개하라!' '에볼라 환자를 끌어들여 국민 건강 위협하는 연남대병원을 폐쇄하라!' 같은 문구가 적혀 있었다.

"일단 돌아갑시다. 시위대가 너무 많아 지나갈 수 없을 테니."

닥터K는 침울하게 말했고 구급차는 다시 화물선이 있는 항구 안쪽으로 돌아갔다. 돌아가는 내내 닥터K는 한숨을 내쉴 뿐 말이 없었다. 노빈손도 덩달아 풀이 죽었다. 그런데 화물선에 거의 도착했을 무렵 노빈손이 손뼉을 치며 말했다.

"선생님! 좋은 방법이 떠올랐어요!"

시위대는 성난 표정으로 구호를 외치고 피켓을 흔들며 플래카드를 여기저기 내걸었다.

"밀입국한 에볼라 환자를 병원에 들이다니, 연남대병원은 정신이 있는 거냐!"

"에볼라에 걸린 환자와 의료진을 에볼라를 앓았던 선원들의 피로 치료한다니, 말이 되나!"

"다 죽자는 거냐? 말도 안 되는 일을 허락한 정부 당국은 각성하라!"

"에볼라 환자가 득실거리는 화물선이 한국에 온 것부터 수상하다! 다른 속셈이 있는 거 아니냐?!"

군중은 분개했다. 정부를 믿지 못했고, 에볼라에서 회복한 선원들의 혈청을 이용해서 에볼라에 걸린 의료진과 외국인 환자를 치료하겠다는 연남대학교병원의 계획도 이해하지 못했다. 사람들은 보건복지부 장관과 질병관리본부장의 해임과 처벌을 요구했다. 그리고 무엇보다, 선원을 실은 구급차가 연남대학교병원으로 가지 못하게 하려 했다.

그때 순찰차의 요란한 사이렌 소리가 들렸다. 순찰차뿐 아니라 커다란 오토바이들도 보였다. 항구 정문에 수십 대의 경찰 차량 행렬이 도착하자, 항구 안쪽에서 구급차가 나와 합류했다.

"저기 구급차가 있다! 저기 에볼라에 걸린 흑인들이 있다!"

분노한 시위대는 구급차와 경찰 차량의 행렬을 향해 달리기 시작했다. 차량 행렬은 시위대를 피해 돌아가려는 듯했다. 시위대는 차량 행렬을 쫓았다. 몇백 미터도 채 가지 못하고 구급차는 따라잡혔다. 시위대는 구급차와 순찰차를 포위했다. 순찰차에서 내린 경찰관들은 테이저건과 가스총을 들고 구급차를 지켰다. 팽팽한 대치가 한 시간 이상 이어졌다.

그 무렵, 창문을 짙게 선팅한 승합자 한 대가 조용히 연남대학교병원으로 들어서고 있었다. 구급차와 경찰 차량의 행렬에 관심을 빼앗긴 시위대는, 수상한 승합차가 그들로부터 멀리 떨어진 채

유유히 항구를 빠져나가 병원에 도착할 때까지 전혀 관심을 기울이지 않았다. 연남대학교병원 응급실에 멈춘 승합차의 문이 열리자 C급 보호구를 입은 노빈손과 닥터K가 내렸고, 이윽고 흑인 선원 대여섯 명이 따라 내렸다.

# 오카상카 선장의 용기

오카상카는 심호흡을 하고 누웠다. C급 보호구를 착용한 간호사가 다가왔다. 노란색 보호복에 커다란 두건, 고글, 마스크, 장갑, 장화를 착용한 간호사의 모습이 오카상카에게는 괴물처럼 느껴졌다. 간호사는 보호구 때문에 조금 둔한 동작으로 소독솜을 꺼내 오카상카의 양쪽 팔꿈치 안쪽을 문질렀다. 오카상카는 차가운 느낌에 머리카락이 약간 곤두서는 듯한 느낌을 받았다.

소독을 끝낸 간호사는 커다란 바늘을 꺼내 들었다. 보통 주사보다 훨씬 크고 굵은 바늘이라 오카상카는 긴장해서 침을 꿀꺽 삼켰다. 간호사는 익숙한 동작으로 오카상카의 팔에 고무줄을 묶고 바늘을 찔러 넣었다. 크고 굵은 바늘이었으나 생각만큼 아프지는 않았다.

간호사는 다른 팔에도 고무줄을 묶고 바늘을 찔러 넣었다. 그러고는 오카상카의 양쪽 팔에 꽂힌 바늘이 연결된 기계의 전원을 켰다. 오카상카의 오른팔에서 흘러나온 피가 관을 타고 기계에 들어갔다. 잠시 후 기계에서 나온 피가 관을 타고 오카상카의 왼팔에 꽂힌 바늘을 통해 들어갔다. 긴장했던 오카상카는 안도하며 지그시 눈을 감았다.

한 시간 전까지 오카상카는 선원들과 목소리 높여 언쟁하고 있었다. 솔직히 오카상카도 놀랐다. 지금까지 선원들이 오카상카에게 항의하거나 반발한 적이 없었기 때문이다. 선원들은 선장인 오카상카를 진심으로 믿고 따랐었다. 심지어 침팬지들과 같은 증상을 보이며 하나둘 쓰러질 때에도 오카상카를 믿고 따랐다.

"선장님! 우리가 왜 피를 뽑아야 합니까? 조금 뽑는 것도 아니라면서요! 우리 피를 뽑았다가 다시 넣어 준다는데, 분명히 영혼을 빼내려는 수작입니다!"

가장 오랫동안 함께한 갑판장조차 핏대를 올리며 항의했다.

"므중구뿐만 아니라 아몬드 같은 검은 눈동자에 연한 갈색 피부를 지닌 아시아인도 믿을 수 없기는 마찬가지예요. 그들에겐 늘 다른 속셈이 있어요. 우리를 도우러 왔다는 얘기는 언제나 핑계였어요. 석유, 황금, 다이아몬드, 주석, 우라늄, 콜탄, 심지어 동물과 식물까지…. 저들은 늘 우리한테 무엇인가 빼앗아 가려고 해요. 그런데 이번에는 피를 내놓으라고요? 저들은 우리 피에서 필요한 것을 조금만 빼내고 다시 넣어 주겠다고 얘기하지만, 다 거짓말이에요! 그러면서 우리 영혼을 빼내려는 거라고요. 영혼이 아니라면, 우리의 힘을 빼내려는 것이에요. 선장님, 절대 속으면 안 됩니다!"

오카상카는 한동안 말없이 바라보다 천천히 입을 열었다.

"지난 몇 년간 커다란 배를 타고 세계 곳곳을 돌아다니고도 그런 얘기를 믿나? 주술사가 가난한 마을 사람들에게 닭 한 마리, 염소 한 마리 빼앗으려고 나불거리는 말을 아직도 믿는 거야?"

잠시 선원들을 바라보던 오카상카는 말을 이어 갔다.

"백인과 아시아인이 우리를 착취한 것은 사실이다. 이번에 배에 무서운 병이 돌아 동료들이 죽은 것도 스머글러라는 못된 므중구가 병든 침팬지를 실었기 때문이지. 스머글러도 침팬지와 같은 병에 걸렸고. 그 나쁜 므중구 때문에 이곳 한국에서도 아픈 사람이 생겼다고 한다. 그 사람은 아무 잘못이 없는데 병이 옮은 거지. 다행히 같은 병에 걸렸다가 회복한 사람의 피가 있으면 그를 도울 수 있다고 한다. 모두 생각해 보자고. 우리는 므중구도 아니고 아시아인도 아니다. 조상들께서 우리가 므중구나 아시아인과 똑같이 이기적으로 행동하길 바라겠나? 다들 언젠가는 조상을 볼 텐데, 그때 자네들은 뭐라고 할 텐가?"

갑판장을 비롯한 선원들은 더 이상 불만을 얘기하지 못했다. 병원에 도착한 그들은 의료진의 지시에 순순히 따랐다. 의료진은 선원들의 피를 조금씩 뽑아 몇 가지를 검사했고, 그 결과 오카상카를 비롯한 4명이 혈청 제공자로 뽑혔다. 선원들을 야단치고 무고한 사람을 도와야 한다고 얘기했으나 오카상카 역시 두려웠다. 가장 먼저 피를 뽑겠다고 나섰으나, 오른팔에서 빠져나간 피가 기계를 통과해서 왼팔로 들어오니 기분이 이상했다. 오카상카는 그런 기분을 겉으로는 조금도 드러내지 않았다.

4

환자를 살리고
추악한 비밀을 밝혀라!

# 닥터K, 박빌런을 추궁하다

"노빈손 선생, 잘했어. 정말 좋은 아이디어였어!"

노빈손과 함께 병원 로비를 걸으며 닥터K가 말했다. 난데없는 칭찬에 노빈손은 얼떨떨했다.

"빈 구급차에 시위대가 정신 팔린 사이에 몰래 다른 승합차를 타고 들어올 생각을 하다니! 맨날 지각이나 하고 농땡이만 부리는 줄 알았더니, 의외인걸. 노빈손 선생 아니었으면 병원에 들어오지 못할 뻔했어."

이렇게까지 칭찬받은 적은 처음이었다. 노빈손은 기분이 좋아 얼굴이 붉어졌다.

"에이, 뭘요. 저도 영화에서 본 거예요."

로비 한구석에 있는 카페에 도착한 닥터K는, 주문대에 팔을 걸치며 웃음을 터트렸다.

"드라마에서 봤든 영화에서 봤든, 정말 기발한 아이디어였어. 노빈손 선생은 무얼 마실 거야?"

닥터K의 태도에 노빈손은 '살다 보니 이런 날도 다 있네'라고 생각했다. 노빈손에게 늘 소리 지르고 야단치고 잔소리하던 닥터K가 이렇게 친절하게 변하다니!

"저는 당연히 핫초코죠."

닥터K는 싱글벙글 웃으며 핫초코를 주문했다. 음료가 나오자 직접 받아 노빈손에게 건네주었다.

"노빈손 선생, 여기 핫초코!"

노빈손은 핫초코가 든 머그잔을 건네받았다. 냄새만으로도 달콤함이 전해져 왔다.

밝은 표정으로 커피를 한 모금 마시던 닥터K의 얼굴에서 갑자기 웃음이 사라졌다. 그는 병원 입구를 바라보며 소리쳤다.

"박빌런 교수님!"

교수님이란 호칭을 붙이긴 했지만, 닥터K는 여전히 빌런이란 별명으로 박영웅을 불렀다. 그리고 당장이라도 잡아먹을 것 같은 표정으로 그를 노려봤다. 로비로 들어오던 박빌런은 멈칫했다. 닥터K는 커피 잔을 내려놓고 박빌런에게 뛰어갔다. 노빈손은 핫초코를 제대로 마시지도 못한 채 따라갈 수밖에 없었다.

"잠깐 말씀 좀 나누시죠!"

박빌런 앞에 선 닥터K는 그를 노려보며 말했다. 박빌런은 태연한 척했으나 배추머리 아래 이마에는 식은땀이 맺혀 있었다.

"아, 경훈 선생, 혈청 요법은 잘 진행되고 있나요?"

박빌런의 말에 닥터K의 눈빛이 더욱 사나워졌다.

"이것 보세요. 당신이 그런 말을 할 자격이 있습니까?"

당장이라도 멱살을 잡을 기세였다. 노빈손은 눈을 꼭 감고 제발 그런 일이 일어나지 않기를 간절히 바랐다.

"아, 경훈 선생, 뭔가 오해가 있나 봅니다."

박빌런의 말에 노빈손은 질끈 감았던 눈을 빼꼼 떴다. 다행히 걱정한 일이 벌어지지는 않았으나 닥터K가 단단히 화난 것은 분명했다.

"오해는 무슨 오해! 박빌런 교수님, 이미 방송국 쪽에 다 알아봤습니다."

박빌런의 이마에 더 많은 땀방울이 맺히기 시작했다.

"방송국이라니, 경훈 선생, 무슨 말인가요?"

닥터K는 우습지도 않다는 표정으로 대답했다.

"연기 그만하시죠. 선원들 가운데 에볼라에 감염되었다가 회복된 것으로 추정되는 사람들을 우리 병원으로 옮긴다는 얘기를 방송국에 제보하시지 않았습니까? 그 뉴스를 보고 시위대가 모였고요. 덕분에 저와 노빈손이 시위대에 갇힐 뻔했습니다. 그보다 더 큰 문제는, 선원들을 데려오지 못해 혈청 요법을 시행하지 못할 뻔했다는 거고요!"

급기야 박빌런은 손수건을 꺼내 이마에 흐르는 땀을 닦았다.

"아, 그게, 고등학교 동창이 방송국에서 일하는데, 그냥 서로 안부나 묻던 중에 나도 모르게 그만 말하고 말았네요. 그게, 그러니까… 그럴 의도는 절대 아니었어요."

닥터K는 한심하다는 듯 팔짱을 끼고 박빌런을 바라봤다.

"당신이 뇌경색 환자에게 간담도 초음파를 시행해서 진료비나 청구하는 조무래기 악당인 줄은 진작 알았습니다. 저뿐만 아니라 병원 전체가 아는 사실이죠. 그래서 당신을 박빌런이라 부르는 겁니다! 영웅이란 이름이 부끄럽지도 않습니까? 도민 교수는 응급의료센터장인데도 도미너란 별명답게 쪼잔하게도 아랫사람에게 일을 떠넘기고 도망쳤죠. 당신은 휴대전화를 끄고 잠적했고요. 그리고 이제는 몰래 정보를 외부에 알려 중요한 일을 방해하다니… 정말 수준 이하군요!"

노빈손은 조마조마한 심정으로 대화를 지켜보고 있었다. 그때 노빈손의 휴대전화가 울렸다. 노빈손은 잠시 통화하고 나서 닥터K에게 말했다.

"경훈 선생님! 혈청이 준비되었답니다!"

 ## 혈청요법, 결과는…

스머글러와 나착한은 음압격리실 옆 관찰실에 있었다. 물론 에볼라는 감염된 환자의 체액으로 전염될 뿐 공기로 전염되는 질병은 아니어서 꼭 음압격리실에 입원시킬 필요는 없었다. 그러나 김

음압격리실이란, 공기로 전염되는 질병을 막기 위해 전염병 환자를 따로 떼어 관리하는 공간을 말해요. 격리실 내 공기의 압력을 주변보다 낮추어, 바깥쪽 공기는 안으로 들어올 수 있으나 안쪽 공기는 밖으로 나가지 못하게 만든 곳이죠.

멸균 교수는 그렇게 하는 것이 여러 가지 면에서 좋다고 주장했다. 드나드는 사람을 확실히 통제할 수 있을 뿐 아니라, 언론이나 호기심 많은 사람들로부터도 보호할 수 있다는 것이었다. 또 음압격리실 옆에는 병실을 지켜볼 수 있는 작은 방이 있어, C급 보호구를 입지 않고서도 환자 상태를 확인할 수 있다. 노빈손과 닥터K는 바로 그 작은 방에서 나착한과 스머글러를 말없이 바라보고 있었다.

"노빈손 선생, 혈청을 투여한 지 얼마나 지났지?"

무거운 침묵을 깨고 닥터K가 노빈손에게 물었다. 노빈손은 힘없이 대답했다.

"여섯 시간이 지났어요."

닥터K의 표정은 어두워졌다.

"나착한 선생의 혈압과 체온은?"

노빈손은 진료용 컴퓨터에서 혈압과 체온을 확인했다.

"혈압은 90에 60, 체온은 39.8도예요."

"소변량은?"

소변량을 묻는 닥터K의 목소리는 침울했다. 노빈손 역시 슬픈 목소리로 대답했다.

"지난 열두 시간 동안 전혀 없었어요."

소변량의 급격한 감소는 신장이 기능을 멈추었다는 것을 의미한다. 에볼라 출혈열의 가장 심각한 증상인 급성 신부전이 진행되고 있다는 뜻이기도 했다.

"혈청 요법이 효과가 없군."

그때 문이 열리며 김멸균 교수가 들어왔다.

"교수님!"

닥터K는 마지막 희망을 담은 눈빛으로 김멸균 교수를 바라보았다. 김멸균 교수는 그런 닥터K의 눈길을 피했다. 불길한 생각에 노빈손은 부르르 몸을 떨었다.

"나착한 선생과 스머글러 씨의 상태는 어떤가?"

김멸균 교수의 물음에 닥터K는 힘없이 대답했다.

"급성 신부전과 패혈증 쇼크로 악화하고 있습니다. 곧 혈액투석을 해야 할 듯합니다."

그 말에 김멸균 교수 역시 힘없이 말했다.

"혈청 요법이 효과가 없나 보군."

닥터K는 말없이 고개를 끄덕였다. 노빈손은 더 이상 참지 못하고 김멸균 교수에게 물었다.

"교수님! 질병관리본부에 가신 일은 어떻게 되었어요? 지맵 사용은 승인이 났나요?"

김멸균 교수는 고개를 가로저으며 대답했다.

"안타깝게도 승인을 얻지 못했네. 그뿐 아니라 미국 업체 측에도 현재 재고가 없다는군."

절망 가득한 침묵이 노빈손과 닥터K, 김멸균 교수를 내리눌렀다. 몇 분 후 김멸균 교수가 입을 열었다.

"지맵도 실험 단계 치료제일 뿐이네. 혈청 요법처럼 효과가 없었을 가능성이 높아. 자, 다들 힘을 내지. 경훈 선생 그리고 노빈손 선생, 우리라도 힘을 내야 해!"

그 말에 닥터K와 노빈손은 끄덕였다. 그리고 닥터K가 말했다.

"노빈손 선생, 혈액투석을 준비해."

노빈손은 힘차게 "네"라고 대답하며 방을 빠져나왔다. 그러나 얼굴에는 눈물이 흐르고 있었다.

 **에크모를 준비해!**

음압격리실에 딸린 관찰실에서 노빈손과 닥터K는 유리창을 통해 스머글러와 나착한을 바라보았다. 심전도 전극, 산소포화도 측정 센서, 정맥주사가 나착한에게 잔뜩 붙어 있고, 목에는 작은 플라스틱 관이 꽂혀 있었다. 플라스틱 관에 연결된 기계의 한가운데, 커다란 원통은 쉴 새 없이 회전하고 있었다. 플라스틱 관을 통해 나착한의 몸에서 빠져나온 혈액은 커다란 원통을 통과한 다음 다시 플라스틱 관을 통해 나착한의 몸으로 들어갔다.

"노빈손 선생, 의대생 때는 CRRT를 응급실에서 보지 못했지?"

노빈손은 '저에겐 의대생 시절이 없어요'라고 대답할 뻔했으나 가까스로 참았다. 의과대학을 다닌 적도 없고, 잠들었다가 깨어나 보니 응급실 인턴이 되어 있었다는 얘기는 틀림없는 사실이나, 함부로 말했다가는 미친 사람 취급 받을 것이 분명했기 때문이다.

"네, CRRT는 처음 봐요."

CRRT라…. 길고 복잡한 단어를 줄인 말이 틀림없었다. 물론 노빈손은 그게 정확히 무엇인지 알지 못했지만.

"지금 나착한 선생처럼 심각한 중환자라 인공신장실로 옮길 수 없는 경우에 응급으로 혈액투석을 하는 방법이 CRRT야. 저 커다란 기계가 나착한 선생의 신장을 대신해서 혈액 내 노폐물을 걸러

산소포화도란, 혈액에 함유된 산소의 농도를 나타내는 말이에요. 95퍼센트 이상이면 정상이고, 90퍼센트 이하로 떨어지면 응급조치가 필요하며, 80~85퍼센트 아래로까지 내려가면 인공호흡기 치료가 필요해요.

주고 있는 셈이지."

노빈손은 고개를 끄덕였다. 그러고는 조심스레 질문했다.

"그럼 저 기계가 착한이를 치료하는 거예요?"

그 물음에 닥터K는 고개를 가로저었다.

"아니야. CRRT는 병의 원인을 치료하는 기계가 아니야. 신장이 망가져서 제대로 기능하지 못하면 그 기능이 회복될 때까지 신장이 하는 일을 대신하는 기계일 뿐이야. 신장이 기능을 멈추면 사람은 살 수 없거든. 나착한 선생의 신장 기능이 회복될 때까지 시간을 벌어 주는 기계일 뿐이야. 그 시간 내에 에볼라 바이러스가 치료되고 신장 기능이 회복하지 않으면 환자는… 나착한 선생은 살아남지 못해."

우울한 기분에 닥터K와 노빈손 모두 잠시 말이 없었다. 그러다가 노빈손이 스머글러를 보면서 다시 입을 열었다.

"스머글러 씨의 상태는 어떤가요?"

노빈손의 질문에, 닥터K는 나착한에 대해 말할 때와 달리 쌀쌀맞은 표정으로 대답했다.

"나빠지고 있지. 신부전뿐 아니라 폐렴과 폐부종까지 생겼어. 그래서 인공호흡기를 연결했지만 폐렴이 너무 심해서 인공호흡기를 최대한으로 틀어도 산소 공급이 제대로 이루어지지 않고 있어."

노빈손이 보기에도 확실히 스머글러의 상태가 더 나빠 보였다.

140

폐부종이란, 심장이나 신장의 기능이 나빠져서 폐에 습기가 차는 증상이에요.

심전도 전극, 산소포화도 측정 센서, 정맥주사 등이 잔뜩 붙어 있을 뿐 아니라, 스머글러의 입에는 굵은 플라스틱 관까지 꽂혀 있었다. 입을 통해 목을 지나 기관지까지 연결된 그 플라스틱 관에는 인공호흡기가 연결되어 있었고, 인공호흡기의 펌프가 작동할 때마다 스머글러의 가슴이 올라갔다 내려갔다 했다. 산소를 공급하는 것만으로는 충분하지 않아 기계가 대신 호흡까지 해 주고 있으나 스머글러는 그런 인공호흡기 치료를 통해서도 주요 장기에 산소가 제대로 공급되지 않는 상태였다. 산소포화도 측정 센서를 통해 측정된 산소포화도도 80퍼센트밖에 되지 않았다.

"그러면 어떡하죠?"

노빈손은 걱정스러운 표정으로 물었다. 그러나 닥터K는 여전히 차가운 표정으로 대답했다.

"15~20년 전만 해도 인공호흡기로도 주요 장기에 산소가 공급되지 않으면 별다른 방법이 없었어. 그렇지만 요즘에는 에크모를 고려해 볼 수 있지."

CRRT만큼이나 어렵고 긴 단어일 게 틀림없었고, 이번에도 역시 처음 듣는 얘기였다.

"에크… 뭐라고요?"

노빈손은 눈을 동그랗게 뜨고 다시 물어볼 수밖에 없었다. 닥터K는 고개를 끄덕이며 대답했다.

"학부 시절에 이미 배웠을 텐데, 자네는 물론 까먹었겠지? 우리 말로 하면 체외막 산소 공급이야. 어려운 단어지만 생각보다 원리는 간단해."

호기심을 느낀 노빈손은 귀를 기울였다.

"CRRT를 생각해 봐. 나착한의 신장이 에볼라 출혈열 때문에 기능이 상실되어 혈액 내 노폐물을 거르지 못하고 있어. 그래서 기계를 연결해서 나착한의 신장 대신 혈액 내 노폐물을 거르고 있는 거잖아? 에크모도 비슷해. 스머글러는 지금 인공호흡기를 연결해도 폐가 제대로 기능하지 못하고 있어. 노빈손 선생, 폐의 기능이 무엇일까?"

쉬운 질문이라 노빈손은 자신 있게 대답했다.

"폐는 호흡을 통해 몸 밖의 산소를 혈액 안으로 공급하고 혈액 내 이산화탄소를 몸 밖으로 배출합니다."

닥터K는 고개를 끄덕이며 말을 이었다.

"맞아. 폐는 산소 교환을 담당하지. 지금 스머글러의 폐는 심한 폐렴과 폐부종 때문에 인공호흡기를 연결해도 혈액으로 산소를 공급하지 못해. 그러니 스머글러의 폐가 회복될 때까지 그 기능을 대신해 줄 기계가 필요하지."

노빈손은 고개를 끄덕이며 말했다.

"아, 그럼 착한이의 신장 대신 CRRT가 열심히 일하고 있는 것처럼, 스머글러의 폐는 에크모가 대신하게 되겠네요?"

"맞아. 스머글러의 대퇴동맥이나 경동맥에 관을 연결해서 혈액을 밖으로 빼내어 이산화탄소를 제거하고 산소를 공급한 다음, 다시 스머글러의 몸에 넣어 주는 거야. CRRT 기계는 신장의 역할을 대신하고, 에크모는 폐와 심장의 역할을 대신하지."

그런 기계가 있었구나. 노빈손은 고개를 끄덕이다가 닥터K를 바라보고 말했다.

"그럼 에크모를 준비할까요? 에잇, 이 나쁜 스머글러! 마음 같아서는 아무 치료도 안 해 주고 싶은데…. 그래선 안 되겠죠?"

노빈손은 닥터K가 '뭘 꾸물거려? 당장 준비해!'라고 말하리라 예상했다. 그러나 닥터K는 침묵을 지켰다.

"경훈 선생님?"

노빈손은 의아했다. 닥터K는 환자에 대한 치료를 망설이는 의사가 아니었다. 환자에게 필요한 치료라고 생각하면 다른 의사들이 반대하거나 주저해도 밀어붙였다. 그런데 이상하게도 스머글러에 대해서는 주저했다. 닥터K는 크게 한숨을 내쉬더니 대답했다.

"그래. 에크모를 해야겠지…. 에크모를 준비해."

# USB는 제가 챙겨 뒀어요!

인공호흡기 치료를 시작할 때부터 치료 효과를 높이고 정신적 스트레스를 줄이기 위해 스머글러에게는 안정제를 지속적으로 투여하고 있었다. 그래서 허벅지 안쪽 대퇴동맥과 대퇴정맥에 플라스틱 관을 꽂고 에크모를 시작했으나, 그는 고통스러워 보이지 않았다. 오히려 깊은 잠에 빠진 것처럼 평온했다.

"일단 안정되긴 했군."

닥터K는 큰 유리창을 통해 스머글러를 바라보며 중얼거렸다. 대퇴동맥에 관을 삽입해서 에크모를 연결하는 것은 평소라면 어렵지 않은 시술이었으나 C급 보호구를 착용한 상태에서는 그리 쉽지 않았다. 고글이 시야를 방해했고 두꺼운 장갑이 손가락의 정교한 움직임을 어렵게 했다. 그래도 아주 어렵지는 않았다. 다만 마음이 착잡했다.

분명 스머글러에게는 에크모가 필요했다. 에크모를 연결하지 않으면 스머글러는 몇 시간 내 사망할 가능성이 높았다. 에크모를 시행하는 것은 의사라면 당연히 내려야 하는 결정이었다. 그러나 스머글러에게 에크모를 연결하고 싶지 않은 게 닥터K의 솔직한 마음이었다. 탐욕스러운 목적으로 인해 이 모든 일을 일으킨 사악한 악당을 치료하고 싶지 않았다.

대퇴동맥과 대퇴정맥은 허벅지 안쪽에 있는 굵은 혈관이에요. 에크모를 시행할 때는 굵은 혈관에 관을 넣어야 해서, 닥터K는 이 혈관들을 선택한 거랍니다.

그때 주머니에서 휴대전화의 요란한 진동이 느껴졌다. 닥터K는 전화기를 꺼내 번호를 확인했다. 낯익은 번호였다. 전화를 건 곳은 신경외과 중환자실이었다. 응급실을 폐쇄한 상황이라 신경외과 중환자실에서 연락 온 것이 의아했으나 서둘러 전화를 받았다.

"응급의학과 전임의 경훈입니다."

전화기 너머에서 조심스러운 음성이 들려왔다.

"경훈 선생님, 신경외과 중환자실 수간호사입니다. 에볼라 출혈열 때문에 바쁘실 텐데 죄송합니다. 좀 이상한 일이 있어서요."

'신경외과 중환자실에서 벌어진 이상한 일과 응급실이 무슨 관련이 있다는 거지?' 닥터K는 조금 심드렁하게 물었다.

"이상한 일이라니, 무슨 말씀입니까?"

신경외과 중환자실 수간호사는 여전히 조심스럽게 대답했다.

"에볼라 출혈열이 발생하기 며칠 전 뺑소니 교통사고로 입원한 외국인 환자, 기억하세요? 외상성 경막외 출혈이 있어 수술했고요."

닥터K는 그 환자를 똑똑히 기억했다. 응급수술을 위해 수술방으로 옮길 때까지 이름도, 국적도 밝혀 내지 못한 환자였다.

"그 환자의 신원 파악이라면, 저희도 지금 어쩔 수 없습니다."

닥터K는 그게 에볼라 출혈열 환자를 담당하는 의료진에게 전화할 만큼 심각한 문제인가 하는 생각에 조금 짜증스럽게 답했다.

"아, 그 환자가 오늘 의식을 회복했습니다. 제임스 다쏴라라는

이름의 영국인으로 밝혀졌어요. 그런데 환자가 의식을 회복한 뒤부터 난동을 부리기 시작했어요. 예전에 군인이었던 것 같은데 힘도 세고 너무 심하게 난동을 부려 안정제를 투여할 수밖에 없었습니다."

"섬망 증상일지 모르니, 정신건강의학과와 상의하시죠."

닥터K의 심드렁한 말에, 전화기 너머 수간호사는 다시 한번 조심스레 말했다.

"그게, 섬망은 아닌 것 같아요. 자기가 병원에 실려 올 때 가지고 있던 USB를 찾고 있거든요. 섬망은 확실히 아닌데 그 USB에 엄청나게 집착해요. 수액을 뽑고 침대에서 내려올 만큼요."

"아 근데요, 수간호사 선생님. 제가 지금 에볼라 환자를 돌보느라 바쁘니, 그 문제는…."

"좀 이상한 게, 환자가 그 USB를 감염내과 김멸균 교수님에게 꼭 전해야 된다고 하네요."

감염내과 김멸균 교수라고? 환자가 감염내과 김멸균 교수에게 USB를 전해야 한다며 난동을 부린다고? 정확한 이유를 설명할 수는 없으나 아주 중요한 일이라는 것을 닥터K는 직감했다. 'USB라…. 그때 환자를 담당했던 응급실 인턴이 누구였더라. 환자분류소에 있던 인턴이 누구였지?' 이윽고 머릿속에 '노빈손'이란 이름이 떠올랐다. 닥터K는 황급히 관찰실 문을 열고 밖으로 나왔다. 마침

섬망이란, 충격적인 일을 겪거나 약물에 취하는 등의 자극으로 인해 생기는 정신적 혼란 상태를 말해요. 착각과 망상을 일으키며 헛소리를 하고, 몹시 흥분하거나 불안해하는 등의 증상을 보이지요.

노빈손이 복도 맞은편에서 걸어오고 있었다.

"노빈손 선생!"

닥터K는 큰 소리로 부르며 노빈손에게 다가갔다.

"스머글러가 실려 오기 며칠 전에 들어온, 뺑소니 교통사고 당한 외국인 환자 기억 나? 그때 노빈손 선생이 처음 환자분류소를 맡은 날이었잖아."

닥터K가 너무 흥분해서 소리치는 바람에 약간 겁먹은 노빈손은 고개만 겨우 끄덕였다.

"그때 환자가 USB를 갖고 있었나?"

'USB라고?' 노빈손은 환자의 USB를 챙겨 둔 것이 떠올랐다.

"네, 선생님께서는 쓸데없는 일이라고 야단쳤지만 제가 챙겨 두었어요."

그 말에, 닥터K의 얼굴에 잠깐 미소가 떠올랐다.

"그럼 당장 그 USB를 가지고 신경외과 중환자실로 와. 거기서 보자고!"

그러면서 닥터K는 바쁘게 걸음을 옮겼다. 노빈손은 어안이 벙벙했으나 이내 USB를 가지러 인턴 숙소로 달리기 시작했다.

 ## 페니썰린 박사의 유산

제임스 다쏴라는 상체를 일으켜 침대에 앉은 상태였다. 뇌출혈 수술을 받아 빡빡머리에 붕대가 둘러져 있고, 오른쪽 쇄골 아래에는 중심정맥관이 삽입되어 있었다. 그 외에도 몸 여기저기 갖가지 센서가 부착되어 있었으나 눈빛은 또렷했고 약간 긴장한 표정이었다. 조금 떨어진 곳에서 잠깐 다쏴라를 지켜보던 닥터K는 천천히 그에게 다가가 영어로 말을 건넸다.

"제임스 다쏴라 씨. 저는 응급실에서 다쏴라 씨를 담당했던 응급의학과 전문의 경훈입니다. 의식을 회복하셔서 다행입니다."

닥터K의 말에 다쏴라는 단호한 표정으로 말했다.

"UBS! 내가 가지고 있던 USB는 어디 있습니까?"

약간 흥분한 다쏴라와 달리 닥터K는 차분했다.

"다행히 다쏴라 씨의 USB는 저희 의료진이 발견해서 보관하고 있었습니다."

노빈손은 닥터K가 시키기 전에 주머니에서 냉큼 USB를 꺼내 다쏴라에게 보여 주었다. 그러자 다쏴라는 USB를 낚아채려는 듯, 팔을 앞으로 쭉 내밀었다.

"다쏴라 씨, 진정하세요. USB는 다쏴라 씨의 물건이니 당연히 돌려드릴 겁니다. 그런데 이 USB를 우리 병원에 근무하는 교수님께 전해 주어야 한다고 말씀하셨다 들었습니다만…"

조금 진정한 다쏴라가 닥터K를 바라보며 말했다.

"그렇습니다. 이 병원에 근무하는 김멸균 박사님께 USB를 꼭 전해야 합니다."

닥터K는 왜 김멸균 교수에게 USB를 전해야 하는지, USB를 어떻게 얻었는지 묻고 싶었다. 그러나 다쏴라는 김멸균 교수를 직접 만나야만 얘기할 것 같아 보였다. 닥터K는 조용히 말했다.

"곧 김멸균 교수님이 도착할 겁니다. 조금만 기다려 주세요."

잠시 어색한 시간이 흐르고 마침내 김멸균 교수가 신경외과 중환자실로 들어왔다. 닥터K는 김멸균 교수에게 고개를 숙여 인사하며 말했다.

"김멸균 교수님, 이 분은 제임스 다쏴라 씨입니다. 교수님께 말씀드린 그 외국인 환자입니다."

김멸균 교수와 제임스 다쏴라는 잠깐 서로를 바라봤다. 상대가 어떤 사람인지 알아내려 애쓰는 표정이었다.

"제임스 다쏴라 씨. 저는 이 병원에서 감염내과를 담당하고 있는 김멸균입니다. 우리가 만난 적 있던가요?"

다쏴라는 고개를 가로저었다.

"아닙니다, 우리는 만난 적이 없습니다. 다만, 저와 함께 근무했던 페니썰린 원장님이 김멸균 박사님에게 USB를 전해 드리라고 부탁했습니다."

페니썰린이란 이름을 들은 김멸균 교수는 깜짝 놀랐다.

"페, 페니썰린이라고 했습니까? 콩고민주공화국의 페니썰린 박사를 얘기하는 것이 맞습니까?"

다쏴라는 고개를 끄덕이며 대답했다.

"맞습니다. 키콤바 병원의 페니썰린 원장님입니다. 아버지는 콩고민주공화국인, 어머니는 벨기에인인 분이죠."

김멸균 교수는 오랜만에 듣는 친구의 이름에 가슴이 벅찼다. 페니썰린 박사라. 둘의 인연은 35년 전으로 거슬러 올라간다. 김멸균 교수는 특파원인 아버지를 따라 프랑스로 건너가 파리에서 고등학교를 다녔는데, 막 아프리카를 떠나 파리에 도착한 페니썰린 역시 같은 고등학교를 다니고 있었다. 둘은 단짝으로 지냈다. 이후 김멸균 교수는 한국으로 돌아와 의과대학에 입학했고 페니썰린 박사 역시 파리에서 의과대학에 입학했다. 둘은 똑같이 감염내과를 전공했고, 학회에서 마주칠 때마다 즐거웠던 고등학생 시절을 추억하곤 했다.

"그렇군요. 페니썰린 박사는 잘 지내나요?"

다쏴라의 표정이 어두워졌다.

"교수님. 안타깝게도 원장님은 돌아가셨습니다. 콩고민주공화국을 떠나 오기 직전 지인을 통해 은밀히 확인해 보니, 원장님은 물론 병원 의료진이 전부 숨졌다고 합니다."

갑작스러운 소식에 김멸균 교수는 한참 동안 입을 열지 못했다.

"사고였어요? 아니면 병에 걸렸나요?"

충격에 말을 잇지 못하는 김멸균 교수를 대신해서 노빈손이 질문했다. 다쏴라는 슬픈 표정으로 고개를 가로저으며 대답했다.

"아닙니다. 살해당하셨습니다."

살해당하다니! 아프리카의 외진 시골에 위치한 병원에서 일했으니 질병에 걸리거나 사고를 당했다면 이해하겠는데, 살해당하다니! 김멸균 교수는 도저히 믿을 수 없었다. 그가 아는 페니썰린은 누군가에게 원한을 살 만한 사람이 아니었다. 오히려 그 반대다. 프랑스 의과대학을 우수한 성적으로 졸업하고 감염내과 의사가 되어 파리나 런던에서 교수로 안락한 삶을 살 수 있었으나, 가난하고 아픈 사람들을 위해 기꺼이 자기 나라로 돌아간 사람이다. 그런 그가 살해당하다니!

"저는 영국 왕립 육군 출신으로 키콤바 병원의 보안책임자였습니다. 콩고민주공화국은 독립 이래 끝없는 내전과 분쟁에 시달렸습니다만, 최근에는 비교적 안정되었습니다. 키콤바 병원 주변에는 이렇다 할 반군이나 폭력 조직도 없고요. 그런데 갑작스레 아주 잘 훈련된 용병들이 들이닥쳐 병원을 불태우고 직원들을 살해했습니다. 특히 의료진은 한 명도 남기지 않고 철저하게 살해당했다고 합니다. 저 혼자 가까스로 탈출할 수 있었습니다."

다쏴라의 이야기를 듣던 노빈손이 퉁명스레 따졌다.

"아니, 보안책임자라면서 혼자 살겠다고 탈출했다고요?"

그 말에 모욕을 느낀 듯, 다쏴라의 얼굴이 붉어졌다.

"아닙니다! 왕립 육군 장교는 그런 식으로 목숨을 구걸하지 않습니다! 제가 탈출한 이유는 페니썰린 원장님께서 그 USB를 꼭 김멸균 박사님께 전해 주라 부탁하셨기 때문입니다."

김멸균 교수와 닥터K 그리고 노빈손은 한동안 말없이 USB를 바라보았다.

　김멸균 교수와 닥터K, 노빈손은 곧장 김멸균 교수의 연구실로
향했다. 세 사람은 연구실에 들어오자마자 컴퓨터를 켜고 USB를
확인하기 시작했다.

　"페니썰린 박사는 감염내과 의사였고 열대 전염병 전문가였어.
또 에볼라 바이러스에 대해 특별한 관심을 가졌네. 2014년 서아프
리카 에볼라 유행 이전부터 열악한 환경과 부족한 지원에도 불구
하고 많은 연구를 진행했지."

　USB 내용을 확인하며 김멸균 교수가 말했다. 닥터K는 고개를
끄덕이다 생각에 잠겼다. '에볼라 바이러스는 원래 콩고민주공화국
을 비롯한 중서부 아프리카의 풍토병이다. 침팬지들과 스머글러를
태운 화물선도 그곳에서 출발했다. 그런데 에볼라 바이러스의 권
위자인 페니썰린 박사가 비슷한 시기에 정체불명의 용병들에게 살
해당했고 그가 근무하던 병원은 완전히 파괴되었다. 그리고 나착
한이 걸린 에볼라 출혈열은 기존 질환과 비교했을 때 잠복기가 아
주 짧다. 그런 상황에서 키콤바 병원의 유일한 생존자인 다쏴라가
페니썰린 박사의 부탁으로 목숨을 걸고 USB를 가지고 왔다.' 닥터
K는 어렴풋하게나마 거대한 음모를 본 것 같다는 생각이 들었다.

　"역시 예상대로 에볼라 바이러스에 대한 내용이군요."

영어와 프랑스어로 기록된 내용을 김멸균 교수는 빠른 속도로 살펴보았다. 같이 화면을 보고 있었지만 프랑스어로 적힌 부분이 많아 닥터K는 대충 짐작만 할 뿐 정확한 내용을 알 수 없었다.

"1년 전부터 조금 특이한 증상을 보이는 에볼라가 키콤바 병원 주변에서 유행했다고 쓰여 있군. 기존 에볼라 바이러스와 증상이 크게 다르지는 않은데 잠복기가 몇 시간밖에 안 될 정도로 짧고 훨씬 치명적인 사례가 1년 전부터 갑작스레 많아졌나 봐. 페니썰린 박사의 연구도 거기에 초점을 맞추었어."

김멸균 교수는 모니터를 응시하며 기록을 계속 살펴봤다.

"이런!"

김멸균 교수의 탄식에 닥터K와 노빈손은 긴장해서 침을 꿀꺽 삼켰다.

"자네들 '다나아라'라고 알고 있나?"

김멸균 교수의 말에 닥터K는 고개를 끄덕이며 대답했다.

"압니다. 백신을 개발하는 다국적 기업 아닙니까? 세계 곳곳에 연구소가 있는…."

김멸균 교수는 얼굴을 찌푸리며 말을 이었다.

"페니썰린 박사의 기록에 의하면, 다나아라가 키콤바 병원 근처에서 몰래 백신을 실험한 것 같아."

'백신이라…. 그렇다면 혹시 에볼라 바이러스 백신일까?' 닥터K

는 김멸균 교수의 말을 듣자마자 이렇게 떠올렸다.

"그리고 그 백신이 에볼라 백신이었던 것 같아. 페니썰린 박사도 그렇게 의심했군."

김멸균 교수는 크게 한숨을 내쉬며 말을 이었다.

"페니썰린 교수의 기록에 의하면, 다나아라에서 개발한 에볼라 백신은 생백신이었어. 에볼라 바이러스의 병원성과 감염력을 아주 약하게 만든 백신이었네. 그런데 정상적인 절차를 거치지 않은 채 콩고민주공화국에서 몰래 실험했나 봐. 사람들에게는 황열병 백신이라고 속이면서 접종했고."

다나아라는 신중한 실험의 진행에 들어갈 시간과 비용을 아끼려고, 세상의 눈이 미치지 않는 아프리카 오지에서 몰래 불법적인 임상 실험을 진행한 듯했다.

"안타깝게도 에볼라 바이러스의 병원성과 감염력이 약해지지 않았나 보군. 오히려 잠복기만 짧아진 변종 바이러스가 되어 버렸고, 페니썰린 박사가 그걸 알아차렸던 것 같아."

김멸균 교수의 말이 끝나자 닥터K가 천천히 말했다.

"아아…. 결국 다나아라가 고용한 용병들이 페니썰린 박사를 비롯해 의료진을 모두 살해하고 키콤바 병원을 파괴한 거군요!"

김멸균 교수는 부르르 몸을 떨며 말을 이었다.

"이 나쁜 다나아라 놈들. 가만히 두고 볼 수 없군!"

전염병을 낫게 하거나 예방하기 위해 몸에 투여하는 '백신'은, 살아 있는 바이러스나 세균을 사용할 수도 있고 죽은 바이러스나 세균을 사용할 수도 있어요. 생백신은 살아 있는 바이러스나 세균을 사용하는 것이어서 효과는 좋지만, 죽은 바이러스나 세균을 사용하는 사백신보다 위험하죠.

그때 분노하는 김멸균 교수의 어깨를 붙잡으며 닥터K가 물었다.

"교수님, 어떻게 하실 계획입니까?"

김멸균 교수는 당연하다는 듯 대답했다.

"당연히 언론에 알려야지! 경찰과 검찰에 고발하고…. 이런 일을 어떻게 가만둘 수 있겠나! 그리고 다나아라가 구체적인 정보를 내놓아야 나착한 선생과 스머글러도 제대로 치료할 수 있어."

그러자 닥터K가 짧게 한숨을 내쉬고 말했다.

"교수님! 다나아라가 어떤 회사인지 보셨지 않습니까? 자기네 잘못을 지워 버리기 위해 용병을 고용해서 무고한 사람들을 학살한 놈들입니다. 그런 방법으로는 교수님만 위험해질 겁니다."

김멸균 교수는 고개를 끄덕였다. 그리고 힘없이 물었다.

"그럼 다른 방법이 있을까?"

풀이 죽은 김멸균 교수의 말에 닥터K도 어두운 표정으로 침묵했다. 그때였다. 심각한 표정으로 대화를 듣던 노빈손이 문득 뭔가 생각났다는 듯 물었다.

"많은 사람에게 알리면 되는 건가요?"

닥터K와 김멸균 교수는 고개를 끄덕였다.

"방법은 상관없는 거죠?"

노빈손의 얼굴에 드리워져 있던 그늘이 사라지고 비장한 미소가 떠올랐다.

 ## PC방으로 고고!

노빈손이 버튼을 누르자 단골 PC방의 자동문이 열렸다. 평소처럼 행동하려고 노력했으나 심장은 가슴에서 튀어나올 것처럼 쿵쾅거렸다. 자기를 알아보고 반갑게 웃는 PC방 알바생에게 어색한 미소를 지으면서, 노빈손은 비어 있는 자리로 걸음을 재촉했다.

자리에 앉자마자 급히 컴퓨터의 전원부터 켰다. 그러고는 주머니에서 USB를 꺼내 컴퓨터에 꽂고 온라인 게임에 접속했다. 세계 여러 나라에서 서비스하는 다양한 게임에 접속해, 게임 내 게시판과 커뮤니티 게시판을 가리지 않고 USB에 든 문서를 올렸다.

"여러분, 접속자 명단에 친구가 있다면, 그분들한테도 꼭 이 문서를 여기저기 게시판에 올려 달라고 전해 주세요!!!"

그렇게 노빈손은 계정을 가지고 있는 모든 온라인 게임에 접속해서 USB 속 문서를 올렸다. 그러고 나서야 겨우 크게 숨을 내쉴 수 있었다.

자기가 낸 아이디어였지만 사실은 무서웠다. 페니썰린 박사, 제임스 다쏴라가 겪은 일을 떠올리니 온몸에 소름이 끼쳤다. 특히 다나아라를 생각하니 정말 무서웠다. 다나아라는 불법 생체 실험의 실패로 변종 에볼라 바이러스가 만들어지자, 사건을 숨기기 위해 키콤바 병원에서 수많은 사람을 살해했다. 제임스 다쏴라가 당한 뺑소니 교통사고도 다나아라의 짓일 가능성이 높았다. 그런 상황에서 노빈손이 문제의 USB를 가지고 있다는 것을 알면 다나아라에서 가만히 있을 리 없었다.

'으으~ 내가 지금 뭘 하는 거지? 나 이래도 괜찮은 걸까?'

하지만 노빈손은 이내 마음을 편히 먹었다. 어차피 다나아라도 노빈손이 그걸 가지고 있으리라 예상하지 못할 것이고, 특히 온라인 게임 게시판을 통해 비밀을 유포할 것이라고는 꿈도 꾸지 못하리라 확신했다. 다쏴라가 의식을 되찾아 USB 전달에 성공했다는 것을 다나아라 직원들이 눈치채더라도, 김멸균 교수나 닥터K가 유명 학회나 언론을 통해 공개하리라 예상할 것이다.

그래도 무섭고 긴장되기는 마찬가지였다. 한편으로는 노빈손 자신도 이런 방법으로 문서를 공개하는 것이 효과가 있을지 의문스러웠다. 전 세계로 퍼져 나갈 것이고 누가 퍼트렸는지 추적하기 힘든 것은 틀림없으나, 온라임 게임 마니아 가운데 이런 문서에 관심을 가질 사람이 있을까?

어쨌든 임무를 성공했다는 생각이 드니 갑자기 배가 고파 왔다. 노빈손은 컴퓨터 화면에서 '라면'을 클릭했다.

'역시 PC방 라면이 제일 맛있어!'

적어도 그 짧은 시간만큼은 걱정과 고민을 잊은 채 맛있는 PC방 음식을 먹으며 쉬고 싶었다.

 ## 그리아니 일행의 방문

무시무시하게 느껴질 만큼 거대한 SUV 차량 행렬이 연남대학교병원 현관 앞에 멈추었다. 세 대 모두 까만색일 뿐 아니라 유리창도 차 안이 전혀 들여다보이지 않을 정도로 새까맣게 선팅된 상태였다. 병원의 출입을 통제하고 관리하는 경찰관과 질병관리본부 직원이 의아한 표정으로 차에 다가섰다. 그때 차 문이 열리고 검은 선글라스와 검은 양복을 입은 남자들이 우르르 내렸다. 흑인, 아시아인, 백인으로 인종과 국적은 다양했으나 하나같이 큰 키에 표정 변화가 전혀 없어 로봇처럼 느껴졌다.

"여기는 에볼라 출혈열이 발생해 통제된 구역입니다. 허가받지 않은 분은 들어올 수 없습니다."

경찰관이 또박또박 영어로 말했으나 남자들은 아무 말도 듣지 못했다는 듯 조용했다. 그때 회색 정장 차림의 키 작은 여자가 마지막으로 차에서 내렸다. 그녀는 다른 사람과 달리 선글라스를 착용하지 않아 날카로운 눈매가 드러났다.

"출입 허가를 받았습니다. 장관님 연락을 받지 못했습니까? 우리는 다나아라에서 나온 연구팀입니다."

얼핏 백인과 흑인의 혼혈로 보이는 여자는, 놀랍게도 꽤 정확한 발음의 한국어를 구사했다. 경찰관과 질병관리본부 직원은 놀라서 뒤로 물러섰다. 여자는 아랑곳하지 않고 말했다.

"김멸균 교수를 만나기로 했습니다. 어서 안내하십시오."

경찰관과 질병관리본부 직원의 안내를 받아 김멸균 교수의 연구실로 향하는 동안, 여자는 끓어오르는 화를 억누르고 있었다. 야심차게 계획했던 에볼라 백신이 실패한 것도 화가 났다. 변종 에볼라 바이러스가 퍼져 문제가 커진 것도 화가 났다. 콩고민주공회국 오지의 가난한 주민들에게 황열병 백신이라 속이고 접종해서 몇백 명쯤 죽고 나면 별다른 문제가 없을 줄 알았는데, 페니썰린 박사가 나타나 변종 에볼라 바이러스란 것을 밝혀냈고 다나아라의 불법 백신 실험까지 알아냈다. 그래서 키콤바 병원을 파괴하고 의료진과 환자를 모두 죽였는데 제임스 다쏴라가 미꾸라지처럼 빠져나갔다. 결국 한국까지 비밀 요원들을 보내 뺑소니 교통사고를 위장해 처리했다고 믿었는데, 이번에도 다쏴라는 살아남았다.

'다쏴라가 김멸균 교수에게 페니썰린 박사의 기록을 넘기더라도 학회와 언론의 주요 인사에게 뇌물을 주거나 협박해서 발표할 수 없도록 손써 놨는데, 엉뚱하게도 온라인 게임을 통해 퍼지다니! 그리고 세계적인 바이러스 학자란 자들 가운데 온라인 게임 마니아가 그렇게나 많을 줄이야!'

그녀는 결국 자신이 직접 연남대학교병원을 찾아올 수밖에 없게 된 상황에 너무 화가 났다. 그가 속으로 분통을 터트리는 사이, 일행은 어느새 김멸균 교수의 연구실에 도착했다. 질병관리본부 직원이 가볍게 문을 두드렸다.

"교수님, 다나아라에서 연구팀이 왔습니다."

연구실 안에서 들어오라는 얘기가 들리자 여자가 신경질적으로 문을 열었다.

　"김멸균 교수님, 저는 다나아라의 백신 담당 부사장 그리아니 다나아라입니다."

　그리아니는 김멸균 교수를 천천히 살펴보았다. 학자다운 외모에 고리타분할 만큼 원칙주의자로 보였다. 온라인 게임 게시판에 문서를 공개해 다나아라를 궁지에 몰아넣을 사람처럼 보이지는 않았다. 연구실에는 김멸균 교수 외에도 두 사람이 더 있었다. 셔츠에 넥타이를 메고 의사 가운을 단정하게 입은 김멸균 교수와 달리, 수술복처럼 생긴 검푸른 옷과 하늘색 옷을 입은 두 명은 각각 외모가 아주 독특해 보였다. 그리아니에게는 둘 다, 다나아라라는 거대한 기업을 곤경에 빠트릴 만큼 대단한 자들로 여겨지지 않았다.

　"저는 연남대학교병원 감염내과 김멸균 교수입니다. 그리고 이쪽은…."

　"연남대병원 응급의학과 전임의 경훈입니다."

　"저는 응급실 인턴 노빈손이에요."

　응급의학과 전임의라면 교수가 되지 못한 녀석이로군. 그리고, 뭐라고? 응급실 인턴? 그리아니는 화가 났다. '다나아라의 백신 담당 부사장이자 설립자의 손녀인 내가 이런 보잘것없는 인간들을 상대해야 한다니!'

"여러분의 병원에서 에볼라 출혈열이 발생한 것을 대단히 안타깝게 생각합니다."

그리아니는 화를 참고 사무적인 말투로 말했다. 그러나 이내 닥터K와 노빈손이 웃음을 터트렸다.

"범인이 자기 범죄에 대해 위로를 전하다니…. 완전 웃긴데요? 크크크크."

노빈손의 말에 그리아니의 얼굴이 일그러졌다. 그녀는 입술을 깨물며 말했다.

"그건 확인되지 않은 헛소문일 뿐입니다. 우리 다나아라는 그런 회사가 아닙니다."

그러자 이번에는 닥터K가 쓴웃음을 지으며 말했다.

"그렇죠! 다국적 제약회사가 그럴 리 없겠죠. 아프리카의 가난한 사람들에게 불법으로 백신을 실험하고… 그래서 변종 에볼라 바이러스가 퍼지니 병원을 불태우고 의료진을 살해하는 그런 일을 벌일 리 없겠죠. 당연히 잭 스머글러가 밀수하려던 침팬지들도 다나아라의 연구소에서 주문한 게 아니겠죠?"

그리아니는 당장이라도 닥터K와 노빈손에게 달려가 뺨을 때리고 싶었다. 그러나 어쩔 수 없었다. 그녀는 가까스로 분노를 억누르며 말했다.

"아닙니다. 모두 다나아라와 관계없는 일입니다."

그리아니의 말에 노빈손이 의아하다는 표정으로 물었다.

"그럼 여기엔 왜 오셨나요?"

그리아니는 다시 입술을 깨물었다. '우스꽝스러운 일개 인턴 녀석이 감히 나를 약 올리다니!' 하며 속으로 분통을 터트렸다.

"다나아라는 100년 전부터 인류의 건강을 위해 노력해 왔습니다. 그래서 아무도 관심을 기울이지 않는 에볼라 바이러스를 오래전부터 연구해 왔습니다. 특히 이번 변종 바이러스는 기존 치료법이 잘 듣지 않을 가능성이 높은데, 다행히 우리 다나아라에서 실험적인 치료제를 개발했습니다."

그리아니의 말에 김멸균 교수, 닥터K, 노빈손 모두 쓴웃음을 지어 보였다. 웃음을 거둔 닥터K가 차가운 말투로 쏘아 붙였다.

"그래도 최소한의 양심이란 것은 있군요. 물론 여기가 대한민국이 아니라 콩고민주공화국이었다면, 연남대학교병원이 아니라 키콤바 병원이었다면, 비밀리에 개발한 최신 치료제 대신 소총과 수류탄으로 무장한 깡패들을 보냈겠지만요."

닥터K에 이어, 노빈손이 결정적인 한마디를 날렸다.

"우리가 USB에 든 비밀을 온라인 게임 게시판에 퍼트릴 줄은 꿈에도 몰랐죠? 크크크! 아직 안 퍼트리고 우리만 알고 있는 비밀이 잔뜩 남았으니 허튼짓할 생각은 말라고요. USB 복사본도 당신들은 짐작 못 할 곳곳에 숨겨 두었으니…. 크크크크!"

닥터K와 노빈손의 말에 그리아니는 화가 나서 부들부들 몸을 떨었다. 그녀는 부하가 들고 있던 검은색 가방을 낚아채 내던지듯 바닥에 내려놓으며 말했다.

"온갖 헛소문이 돌고 있습니다만, 누가 뭐래도 우리 다나아라는 인류 건강을 위한 일만 합니다. 이 치료제도 변종 에볼라를 치료하기 위해 모든 연구진이 밤낮 없이 매달려 막 개발해 낸 거예요. 우선 환자 두 사람을 위한 분량을 준비해 왔습니다. 온갖 오해와 비난에도 불구하고 인도적인 차원에서 아무 조건 없이 제공하는 것임을 알아 두세요!"

흥분을 참지 못하며 말을 마친 그리아니는 연구실을 나서려다가, 만만해 보이는 노빈손 앞에 멈춰 서서 노려보며 낮은 목소리로 말했다.

"우리 다나아라가 아시아 끄트머리, 한국의 일개 병원 응급실에까지 올 만큼 한가한 사람들이 아니란 걸 알아 두라고! 치료제에 대한 감사도 필요 없어. 다시는 만나지 않길!"

그리아니는 한국어가 아닌 프랑스어로 말했다. 노빈손은 '무슨 말이냐?'는 듯한 표정으로 귓구멍을 후비고는 돌아서서 말했다.

"교수님, 이 악당이 지금 뭐라고 말했어요? 한국어로 잘만 얘기하더니…. 마지막에는 대체 어느 나라 말이에요?"

스머글러도 환자예요!

노빈손은 C급 보호구 고글 너머로 나착한을 바라보았다. 여전히 온갖 종류의 센서를 몸에 달고 있었으나 이제 산소마스크는 착용하지 않았다. 혈액투석을 위해 목에 꽂았던 흉측한 관도 제거되었고 조그마한 붕대만 붙어 있었다. 무엇보다 나착한은 평온했다. 얕은 잠에 빠져 있는데 고통에 일그러진 표정도 아니었고 힘겹게 숨을 몰아쉬지도 않았다. 그렇게 노빈손은 한참 동안 아무 말도 없이 서 있었다.

잠시 후 잠에서 깨어난 나착한이 천천히 눈을 뜨고 노빈손을 바라보았다. C급 보호구의 두건, 고글, 마스크 때문에 처음에는 누구인지 알아보지 못했으나 곧 노빈손이란 것을 알아차렸다.

"노빈손, 뭘 그렇게 보고 있어? 아픈 사람 처음 보는 것처럼···. 그렇게 빤히 바라보지 마, 기분 이상하니까."

나착한의 새침한 말에 노빈손은 자기도 모르게 머리를 긁적거렸다. 두꺼운 장갑을 낀 손으로 두꺼운 두건을 쓴 머리를 긁적이는 우스꽝스러운 모습에 나착한은 웃음을 터트렸다.

"그런데 어떻게 된 거야?"

나착한의 물음에 노빈손은 밝은 목소리로 대답했다.

"넌 회복되고 있어! 설사도 호전되었고 신장 기능도 회복됐어. 감소했던 혈소판 수치도 정상 범위로 돌아왔어!"

그러나 나착한은 어이없다는 듯 짧은 한숨을 내쉬고 말했다.

"노빈손, 당연히 회복되고 있겠지. 내가 그것도 모를 것 같아? 그러니까 어떻게 치료한 거냐고!"

'역시 나착한은 똑똑하구나.' 노빈손은 속으로 중얼거렸다. 나착한에게 어디서부터 얘기해야 할지 도무지 알 수 없었다. 그 길고 복잡한 일들을 차근차근 설명할 자신이 없었다. '김멸균 교수님이나 닥터K라면 아주 잘 설명할 수 있을 텐데.' 그때 마침 닥터K가 음압격리실에 들어왔다. C급 보호구를 착용해서 얼굴이 보이지는 않았으나, 음압격리실에 출입하는 의료진 가운데 닥터K만큼 덩치 큰 사람은 없으므로 대번에 알아챌 수 있었다. 더구나 닥터K만의 독특한 걸음걸이도 눈에 들어왔다.

닥터K는 나착한에게 다가오지 않았다. 그는 아직도 에크모로 치료 받고 있는 스머글러에게 먼저 다가갔다. 스머글러를 바라보는 닥터K의 표정은 여전히 분노를 담고 있었다.

"착한아, 그거 경훈 선생님한테 물어보는 게 좋을 거야. 내가 이리로 모셔 올게."

노빈손은 닥터K에게 다가갔다. 닥터K는 팔짱을 낀 채 스머글러를 바라보고 있었다. 고글과 마스크 때문에 표정을 자세히 볼 수 없으나 깊은 고민에 빠진 듯했다. 노빈손은 닥터K에게 다가가 조심스레 말을 걸었다.

"선생님! 나착한은 잘 회복되고 있어요."

닥터K는 고개를 돌려 잠시 나착한 쪽을 바라보았다. 그러고는 천천히 말했다.

"다나아라 녀석들이 준 치료제가 효과는 있군."

그때 노빈손은 닥터K가 왼손에 들고 있는 치료제를 발견했다. 다나아라에서 2명의 환자에게 투여할 치료제를 제공했으니까, 나착한에게 투여한 치료제 말고도 아직 1명 분량이 남아 있었던 것이다.

"그럼 이제 드디어 에볼라 바이러스에 대한 치료제가 만들어진 것인가요?"

닥터K는 고개를 가로저었다.

"아니. 그렇게 단언하기는 힘들어. 더 많은 환자에게 투여해야 알 수 있어. 그리고 다나아라가 백신 실험을 하다 만들어 낸 변종 바이러스에는 효과가 있으나, 원래의 에볼라 바이러스에까지 효과가 있다고 말하기는 어려워."

역시 복잡하군. 노빈손은 고개를 끄덕이다 다시 물었다.

"그럼 이제… 남아 있는 치료제를 스머글러 씨에게 투여할 차례네요."

평소라면 닥터K는 고개를 끄덕였을 것이다. 혹은 '당연하지'라고 신경질적으로 말했을 것이다. 그러나 이상하게도 한참 동안 침묵했다. 그러고 보니 스머글러에게 에크모를 시작할 때도 그랬다. 평소라면 누구보다 앞장서서 에크모를 해야 한다고 주장했을 닥터K가, 그때도 스머글러에 대해서는 주저했었다.

"경훈 선생님!"

노빈손이 다그치는 소리에 닥터K는 크게 한숨을 내쉬었다. C급 보호구의 긴 두건, 두꺼운 고글, 큰 마스크에도 불구하고 들릴 만큼 큰 한숨이었다.

"스머글러 같은 악당을 치료하는 게 과연… 옳은 일일까?"

닥터K의 말에 노빈손은 깜짝 놀랐다. 마이크를 통해 전해지는 음성이었으나, 깊은 고민과 혼란스러운 감정이 느껴졌다.

"선생님! 스머글러 씨도 환자예요!"

노빈손은 소리치듯 말했다. 평소라면 상상도 할 수 없는 행동이었다.

"노빈손, 생각해 봐. 이 모든 일은 스머글러 같은 사람들 때문에 일어났어. 스머글러와, 다나아라에서 일하는 사악하고 탐욕스러운 인간들 때문에 시작된 재앙이야. 콩고민주공화국에서는 무고한 사람들이 변종 에볼라 바이러스에 걸려 사망했어. 페니썰린 박사와 키콤바 병원 의료진도 살해당했지. 그리고 스머글러가 불법으로 침팬지를 화물선에 실어 선원들이 죽고 나착한까지 감염되었어. 스머글러와 다나아라의 사악한 악당들 때문에 얼마나 많은 생명이 죽었는지 생각해 봐!"

노빈손은 무서웠다. 어느 정도는 닥터K의 말에 공감하기도 했다. 그러나 동의할 수 없는 말이었다. 그런데 딱히 뭐라 반박할 말을 찾기도 어려웠다. 노빈손은 복잡한 생각을 추스르며 '나착한이라면 과연 어떻게 대답했을까?' 하고 생각했다. 곰곰히 생각하던 노빈손은, 이윽고 용감하게 입을 열었다.

"하지만 경훈 선생님, 우리는 의사예요. 선생님도, 김멸균 교수님도, 나착한도, 저도 모두 의사예요. 의사는 사람을 살리는 사람이에요. 우리는 환자가 나쁜 사람이든 착한 사람이든 가리지 않고 그들에게 최선의 치료를 해 주어야 해요. 우리는 경찰도 아니고 판사도 아니잖아요. 나쁜 사람이라고 해서 최선을 다해 치료하지 않는다면, 우리도 그들만큼 나쁜 사람이 되는 셈이에요!"

노빈손은 자신에게 놀랐다. 닥터K에게 겁도 없이 대꾸했을 뿐 아니라, 그렇게 멋진 말을 더듬지 않고 할 수 있으리라 예상하지 못했기 때문이다. 노빈손의 말에 닥터K는 다시 한번 크게 한숨을 내쉬고 대답했다.

"맞아. 우리는 의사지…. 우리에게 다른 누군가를 심판하고 처벌할 권리는 없어."

그는 천천히 스머글러에게 다가가, 그의 곁에 있는 의료 도구함을 열었다. C급 보호구의 두꺼운 장갑 때문이었을까, 아니면 악랄한 스머글러에 대해 아직도 분이 풀리지 않아서였을까. 닥터K는 커다란 주사기를 꺼내 들기까지 한동안 망설였다. 그러나 곧 결심했다는 듯, 다나아라에서 준 치료제를 주사기에 담았다. 그러고는 스머글러에게 연결된 정맥관에 천천히 치료제를 주사했다.

악당들의 기자회견

치료제를 주사하고 두 시간이 지나자 스머글러의 상태도 좋아지기 시작했다. 노빈손은 음압격리실을 나왔다. 간호사의 도움을 얻어 무거운 C급 보호구를 벗고, 격리실 내의 공기에 노출된 곳이 없음을 확인하고는 병원 로비로 향했다. 핫초코를 마시고 싶었기 때문이다. 그런데 로비는 엄청나게 몰려든 사람들로 북새통을 이

뤘다. 아직 에볼라 출혈열로 인한 통제가 끝나지 않아 일반인은 출입할 수 없으므로 한산해야 하는데 이상하게 너무 붐볐다. 단순히 사람들만 많은 것이 아니라, 커다란 방송용 카메라와 조명판을 든 사람들이 여기 저기 서 있었다.

"방송인가? 뉴스에 나오려나?"

노빈손은 혼자 중얼거리며, 사람들을 요리조리 피해 카페를 향했다. 그러다가 결국 궁금증을 참지 못하고 카메라와 조명판이 있는 곳으로 다가갔다. 그곳에는 말쑥하게 차려입은 기자들이 모여 있었다. 한 곳에서만 나온 것이 아니라 여러 방송국과 신문사에서 나온 듯했다. 로비 가운데에는 기자회견에 사용할 연단이 설치되어 있었다. 누가 기자회견을 하는지 알 수 없으나 아직 시작하지 않은 것은 확실했다. 그때 갑자기 주변이 소란스러워졌다.

"이제 시작합니다!"

병원 직원이 말했다. 조명이 더 밝아지면서 방송용 카메라가 돌아가기 시작했다. 그리고 서서히 연단에 사람들이 나타났다. 놀랍게도, 연단에 나타난 사람은 그리아니 다나아라, 도미니, 그리고 박빌런이었다. 도미니는 웃음을 머금은 얼굴로 연단에 올라 마이크 앞에서 입을 열었다.

"연남대학교병원 응급의료센터장 도민 교수입니다. 여기 이분은 다나아라의 백신 담당 부사장인 그리아니 다나아라 씨입니다. 또

이 분은 이번에 현장 책임을 맡은 연남대학교 응급의학과 박빌런 교수입니다."

노빈손은 깜짝 놀랐다. '박빌런이 현장 책임자였다고? 박빌런은 음압격리실 근처에도 오지 않았는데?' 이번 에볼라 출혈열 사태를 책임지고 수습한 사람은 그가 아니라, 엄연히 김멸균 교수와 닥터K 였다.

"이번 변종 에볼라 바이러스 발생은 대단히 안타까운 사건이었습니다. 아시다시피 자칫 큰 재앙으로 발전할 수 있었으나, 응급의료센터장인 제가 119 상황실에서 연락을 받고 선제적인 조치를 취했습니다. 그리고 여기 있는 박영웅 교수의 헌신적인 치료 덕분에 스머글러 씨와, 그에게 감염된 본원 의료진에게 최선의 치료를 제공할 수 있었습니다."

도미니가 말하는 동안 방송 카메라뿐 아니라 사진기자들의 카메라에서도 쉴 새 없이 플래시가 터졌다.

"특히 오랫동안 에볼라 출혈열을 연구해 온 다나아라에서 실험 단계 치료제를 기꺼이 제공해 준 덕분에, 현재 두 환자는 위기를 넘기고 회복하고 있습니다. 매우 안정적인 상태이며 완쾌를 자신할 수 있는 단계입니다."

노빈손은 눈앞의 장면을 보고도 믿을 수 없었다. 도미니, 박빌런, 그리고 그리아니 다나아라 모두 스머글러와 똑같은 악당에 불

과했다. 그런데 이 자들이 으스대며 기자회견을 하다니! 노빈손은
화가 머리끝까지 치밀었다.

"아니에요! 전부 거짓말입니다! 여러분, 속지 마세요!"

연단 앞으로 뛰쳐나온 노빈손이 기자들에게 소리쳤다. 그때 갑
자기 눈앞이 깜깜해졌다.

"노빈손! 노빈손! 노빈손!"

익숙한 목소리였다. 노빈손은 힘겹게 눈을 떴다.

"노빈손! 이러면 또 지각이야. 학교 가야지! 대체 어제 몇 시까지 태블릿을 본 거니?"

노빈손을 깨운 사람은 엄마였다. 노빈손은 깜짝 놀라 주변을 둘러보았다. 2층 침대도, 작은 수납장도 없었다. 그가 있는 곳은 연남대학교병원 인턴 숙소가 아니라 자기 방이었다.

"엄마! 저 병원에 가야 해요!"

노빈손의 말에 엄마의 눈이 커졌다.

"빈손아, 어디 아픈 거니?"

그 말에 노빈손은 고개를 절레절레 흔들었다.

"아뇨! 그게 아니라 저는 연남대학교병원 인턴…"

그때 노빈손 엄마가 침대 밑에 떨어진 태블릿PC를 발견했다. 대체 뭘 보느라 늦게까지 안 자고 있었던 건지 궁금해 주워 들고 보니, 뜻밖에도 뉴스가 흘러나왔다.

"아니, 빈손아. 네가 웬일로 뉴스를 다 보고…"

어젯밤에도 뉴스를 보다 잠든 것이었는지, 뉴스 전문 채널이 방송되고 있었다. 노빈손 엄마는 순간 아들이 어딘가 잘못된 건 아닌지 걱정되었다.

"연남대학교병원에서 발생했던 정체불명의 열성 질환은 에볼라 출혈열로 밝혀졌습니다. 그럼 현장을 연결하겠습니다."

앵커의 말과 함께 연남대학교병원 로비가 화면에 나타났다. 도미니, 박빌런, 그리아니가 보였다. 번쩍번쩍 카메라 플래시가 터지는 가운데 그리아니가 기자들 앞에 나섰다.

"우리 다나아라는 오랫동안 에볼라 출혈열을 비롯한 바이러스 질환의 백신과 치료제 개발에 앞장서 왔습니다. 이번 불행한 사태를 맞아, 우리는 인도주의적 입장에서 기꺼이 실험 단계 치료제를 제공하였습니다."

그리아니의 말이 끝나기 무섭게 화면은 스튜디오로 돌아와 앵커를 비추었다.

"다나아라의 발표에도 불구하고, 다나아라의 불법 백신 실험이 변종 에볼라 바이러스가 발생한 직접적인 원인이라는 소문이 인터넷을 통해 빠르게 퍼지고 있습니다. 이에 한국 질병관리본부뿐 아니라 미국 질병통제예방센터에서 조사에 착수했으며, 다나아라의 주가는 연일 폭락하고 있습니다."

'오예! 다행이다…'

앵커가 전하는 말을 들으며 노빈손은 속으로 중얼거렸다.

옛날엔 환자를 어떻게 치료했을까?

닥터K 노빈손 선생! 잘 쉬고 왔어? 그런데 왜 찡그린 표정이야? 어디 아파?

노빈손 에취취취취취! 며칠 전부터 재채기와 콧물이 나와요.

닥터K 단순한 감기거나 가벼운 알레르기 비염일 테니 응급실에 갈 필요는 없겠군.

노빈손 제가 아픈 것은 걱정되지 않으세요? 응급실 진료가 필요한지 아닌지에만 관심을 두시다니, 너무해요!

닥터K 뭐가? 응급실 진료가 필요 없는 가벼운 증상이니 걱정할 필요가 없잖아.

노빈손 네, 네. 그러시겠죠. 기대한 제가 잘못이죠. 흥! 그나저나 모두 미세먼지 때문이에요. 옛날 사람들은 좋았겠어요. 공기도 깨끗하고 물도 맑았으니 얼마나 좋았을까요!

닥터K   정말 그렇게 생각해? 그때가 정말 지금보다 좋았을까?

노빈손   당연하죠. 공해도 없고 지금보다 인구도 적어 아등바등
        할 필요 없이 얼마나 행복했겠어요?

닥터K   그럼 뭐… 너무 옛날은 힘드니까, 한 700년 전으로 가 볼
        까? 700년 전 중세 유럽 어때?

노빈손   중세 유럽요? 좋아요! 멋진 갑옷 입은 기사들이 말 위에
        서 긴 창으로 시합하고, 이기면 공주와 결혼하는 시대라
        니…. 생각만 해도 낭만적이에요!

#1. 1398년, 독일

닥터K가 손을 흔들자 펑 하는 소리와 함께 연기가 피어올랐다.
잠시 후 자욱한 연기가 걷히자 커다란 침대에 한 남자가 누워 있
는 모습이 보인다. 얼굴이 붉게 달아올랐고 숨을 힘겹게 내쉬고 있
다. 곁에는 멋진 옷을 차려입은 사내가 서 있다.

노빈손   여기가 어디에요?

닥터K   1398년 독일이야. 침대에 누운 남자는 백작이고, 옆에 서
        있는 남자는 이 지역 최고의 의사야.

노빈손   그럼 백작이 아픈 건가요?

닥터K 당연히 아프니까 의사를 불렀지. 저 사람들에게는 우리 말이 들리지 않지만 우리에겐 저 사람들 말이 들리니, 뭐라고 얘기하는지 일단 들어 보자.

검은 옷을 입은 의사는 한참을 생각하더니 천천히 입을 열었다.

"백작님. 히포크라테스와 갈레누스의 책에 의하면, 지금 증상은 네 가지 체액 가운데 혈액이 지나치게 많아 나타나는 증상입니다. 혈액이 너무 많아 얼굴이 붉고 열이 나며, 혈액이 호흡을 방해하여 가쁘게 숨을 쉴 수밖에 없습니다. 백작님께서 남들보다 고기와 빵을 많이 드셔서 혈액이 너무 많이 만들어진 것이 이 모든 문제의 원인입니다."

의사의 말에 백작은 고개를 끄덕였다. 그러고는 헐떡이는 숨을 몰아쉬며 말했다.

"그, 그럼 어떻게 해야 하는가? 나을 수는 있겠는가?"

백작의 말에 의사는 가슴을 내밀고 자신만만하게 말했다.

"당연히 나을 수 있습니다! 혈액이 너무 많아 나머지 점액, 흑담, 황담과의 균형이 무너졌으니, 불필요한 혈액을 제거해서 균형을 맞추면 금방 나을 수 있습니다. 그럼 사혈을 시작하겠습니다."

백작은 고개를 끄덕였고, 의사가 손짓하자 조수로 보이는 젊은 남자 둘이 들어왔다. 그들은 의료 기구가 든 커다란 상자를 조심스레 가져왔다. 그들이 상자를 내려놓자 의사가 다가가 뚜껑을 열었다. 의사는 커다란 상자에서 작고 날카로운 칼과 가죽 끈, 지저분한 천, 금속으로 만들어 반짝이는 그릇을 꺼냈다. 조수 두 명이 백작에게 다가가 어깨를 잡고 왼팔을 움켜쥐자 의사는 백작의 왼팔 위쪽에 가죽 끈을 감았다. 1~2분이 지나고 가죽 끈을 감은 왼팔의 혈관이 부풀어 오르자 의사는 작고 날카로운 칼로 팔뚝의 혈관을 찾아 그었다. 백작의 왼팔에서는 검붉은 피가 흘러나왔다. 의사는 고개를 끄덕이며 백작에게 말했다.

"백작님, 보십시오! 지나치게 혈액이 많다 보니 이렇게 변질되어 검은색이 되었습니다."

그러면서 의사는 뽑아 낸 혈액의 양을 측정하기 위해 백작의 왼팔 아래에 그릇을 받쳤다. 시간이 흐르자 그릇은 가득 찼고, 여전히 피의 색깔이 검붉은 것을 확인한 의사는 조수에게 피가 가득 담긴 그릇을 건네고 새 그릇을 받쳤다. 그런 식으로 서너 차례 반복해도 여전히 피는 검붉은색이었다. 다만 붉게 달아올랐던 백작의 얼굴은 하얗게 변했고, 가쁘게 숨을 몰아쉬는 대신 축 처졌다. 그러자 의사는 자신만만하게 미소를 지으며 말했다.

"역시 효과가 있군요! 많은 혈액을 제거하니 체액의 균형이 맞아 벌써 호전되고 있습니다. 그럼 나머지는 내일 마저 하겠습니다."

의사와 조수는 지저분한 천을 백작의 왼팔에 감고 떠났다.

🐭 노빈손   저게 뭐예요! 병이 나은 것이 아니잖아요. 피를 너무 많이 흘려 얼굴이 창백해졌고, 혈압이 떨어져 제대로 숨 쉴 힘도 없는 상태인 것 같은데요? 선생님, 당장 수혈이 필요하지 않나요? 저러다가 쇼크에 빠지겠어요!

👨 닥터K   우리 말이 저 사람들에게 들리지 않는 것처럼 우리가 저 사람들에게 뭔가 해 줄 수는 없어. 아마도 백작은 오늘 밤을 넘기기 힘들 거야. 얼굴이 붉고 부어오른 이유는 얼굴 피부에 감염이 진행되었기 때문이야. 연조직염이라고 하지. 그 감염도 만만치 않은 상황에서 피를 엄청나게 뽑

았어. 아무래도 전체 혈액의 3분의 1 내지 4분의 1을 뽑은 것 같아. 운 좋게 오늘을 넘기고 내일은 상태가 좋지 않아 피를 더 이상 뽑지 않는다 해도 크게 달라지진 않아. 아까 감은 붕대가 얼마나 지저분한지 봤지? 정맥을 자른 상처에 지저분한 천을 붕대 삼아 감았으니, 운 좋게 얼굴의 연조직염과 저혈량성 쇼크에서 회복한다 해도 왼팔의 상처 감염으로 패혈증에 빠져 죽을 거야.

노빈손   저 의사란 사람, 완전히 돌팔이잖아요! 돌팔이 주제에 백작에게 저런 식으로 치료했으니 이제 큰일 나겠네요.

닥터K   아니. 저 의사는 돌팔이가 아니야. 모두가 인정하는 지역 최고의 의사야. 그리고 이 시대 기준으로 보면 정확하게 진단하고 적절한 치료를 시행했어. 그러니 백작이 죽더라도 처벌을 받지는 않을 거야.

노빈손   말도 안 돼요! 저 사람이 한 것은 치료가 아니라 살인이나 다름없어요!

닥터K   고대 그리스·로마 시대에 살던 히포크라테스와 갈레누스는 인간의 몸이 혈액, 점액, 황담, 흑담, 이렇게 네 가지 체액으로 이루어진다고 생각했어. 그리고 질병은 그 균형이 깨져서 발생한다고 생각했지. 그 후 르네상스 시대까지 2000년 가까운 시간 동안 서양의 모든 의사는 이 학

185

설을 무조건 따랐어. 다른 생각은 꿈에도 할 수 없었지. 질병을 관찰하고 새로운 치료법을 시도해서 그 효과를 기록하며 적절한 치료법을 찾아내지 못한 채, 무조건 네 가지 체액의 불균형이 원인이라 생각하며 그 균형을 바로잡는 것에만 몰두했어. 그러니 방금처럼 현대 의학의 기준으로 볼 때 황당하기 짝이 없는 치료가 성행했지.

노빈손 아무도 반발하지 않다니 너무 이상해요!

닥터K 아무도 반발하지 않았던 것은 아니야. 르네상스 시대의 똑똑한 독일 의사 한 명이 히포크라테스와 갈레누스의 책에만 의존하는 진료에 반론을 제기했어.

노빈손 와! 멋진 사람이네요. 그 사람 이름이 뭐예요?

닥터K 테오프라스투스 필리푸스 아우레올루스 봄바스투스 폰 호엔하임이야.

노빈손 네? 뭐, 뭐라고요? 그게 사람 이름이에요?

닥터K 너무 긴 이름이지? 그래서 그 이름 대신 파라켈수스란 별명으로 더 유명해. 현대 의학의 아버지라고 불리지. "모든 약은 독이다. 다만 용량의 차이가 있을 뿐"이라는 그의 말은 요즘도 약리학 교과서 맨 앞에 등장해.

노빈손 의학의 아버지요? 그건 히포크라테스 아니에요?

닥터K 그래서 파라켈수스는 '현대' 의학의 아버지야. 그는 히포크라테스와 갈레누스의 책에 의존해서 무조건 네 가지 체액의 불균형으로 질병을 설명하고 이상한 치료법을 남발하지 않았어. 대신 질병의 증상을 객관적으로 관찰하고, 각 치료법마다 어떤 효과가 있는지 기록하고, 효과 있는 치료법이 없으면 새로운 약초를 사용하면서 역시 그 결과를 기록했어. 그렇게 그는 과학적인 근거와 증거에 기반해서 환자를 치료하려는 최초의 의사가 되었지.

노빈손 어쨌거나 긴 이름 대신 짧은 별명을 사용한 점은 마음에 드네요. 그렇지 않았다면 도저히 이름을 외울 수 없었을 거예요.

닥터K 자, 이래도 옛날이 좋았겠다고 생각해?

노빈손 쳇! 1398년은 너무 옛날이잖아요! 음… 1815년쯤이 좋겠어요. 마리 앙투아네트와 나폴레옹의 시대요!

닥터K 원한다면 그때도 보여 주지.

#2. 1815년, 영국 런던

닥터K가 다시 손을 흔들자 이번에도 펑 하는 소리와 함께 연기가 피어올랐다. 연기가 걷히자, 제멋대로 빽빽하게 솟아오른 4~5층짜리 건물들 사이로 좁디좁은 골목이 구불구불 지나는 도시가 나타났다. 쓰레기로 가득 찬 골목길은 엄청나게 더러웠고, 오래된 음식이 썩는 시궁창의 냄새와 함께 대소변이 말라붙은 냄새가 코를 찔렀다.

노빈손 어우, 더러워! 여기가 대체 어디예요?

닥터K 여기? 그 이름도 유명한 대영제국의 수도, 런던이야. 나폴레옹도 정복하지 못한 최고의 도시지!

노빈손 런던이라고요? 무슨 런던이 이래요?

닥터K 네가 1815년이 좋다고 했잖아. 그래서 1815년 런던으로 데려왔을 뿐이야.

그때 한 건물 1층의 문이 열리고, 더러운 옷을 입은 마른 체격의 남자가 낡은 자루를 어깨에 짊어지고 나왔다. 남자가 진 자루는 꽤 무거워 보였다. 뒤이어 남자만큼 더럽고 초라한 차림의 여자가 울면서 나왔다. 여자 뒤에는 역시나 더럽고 초라한 차림의 아이들이 따라 나왔는데 다들 얼굴색이 좋지 않았고, 한 명은 엎드려서 심하게 토를 하기 시작했다.

닥터K 노빈손. 남자의 자루에 든 것은 아이의 시체야.

노빈손 네? 시체라고요? 그럼 저 남자가 살인자예요?

🧑 **닥터K**　아니. 저 남자는 아버지야. 아이는 며칠 동안 심하게 토하고 설사를 한 후 어젯밤에 죽었어. 콜레라일 가능성이 높지. 그리고 아직 살아 있는 아이들도 상태가 좋지 않아. 특히 지금 토하고 있는 저 아이는 증상이 심해서 며칠밖에 살지 못할지도 몰라.

🐱 **노빈손**　콜레라라니, 누가 이런 짓을 벌이는 거예요? 그리고 런던 시청은 뭐 하는 거예요? 콜레라가 발생했는데 아무 일도 하지 않다니….

🧑 **닥터K**　누가 벌인 것이 아니라 전염병이 자연적으로 발생했을 뿐이야. 그리고 런던 시청과 영국 정부도 놀고 있지 않아. 자, 저기 봐. 시청에서 공무원이 나왔어.

　닥터K의 말대로, 목까지 옷깃이 빳빳하게 올라오는 코트 안에 셔츠를 받쳐 입은 남자가, 비슷한 차림에 곤봉을 든 경찰관과 함께 나타났다. 그들은 골목을 돌며 크게 외쳤다.

　"여러분! 오염된 공기 때문에 전염병이 퍼지고 있습니다. 특히 오염된 공기가 실내에 오래 머무르면 아주 치명적입니다. 다들 아침저녁으로 창문을 열고 환기를 해야 합니다. 나를 위해서만이 아니라 다른 모두를 위해서입니다. 제대로 환기를 하지 않아 전염병을 퍼트리는 사람은 처벌할 수밖에 없습니다!"

소리치느라 목이 말랐던지, 남자는 아이를 잃어 울고 있는 여자에게 물을 달라고 청했다. 여자가 고개를 끄덕이자 아이들 가운데한 명이 집으로 들어가 더러운 컵에 물을 담아 가져왔다. 컵에 담긴 물을 사내는 벌컥벌컥 들이켰다.

🔵 노빈손　저 컵! 콜레라 환자가 있는 집의 컵이고, 컵을 건네준 아이도 콜레라 환자잖아요!

🔵 닥터K　그렇지. 저 공무원도 며칠 후면 콜레라에 걸릴 가능성이높아. 경찰관들도 여러 사람이 같은 숙소에서 생활하며

근무했으니, 이 시대의 위생 수준을 생각하면 그들 사이에서도 콜레라가 빠르게 퍼졌을 가능성이 높지.

🧑 노빈손　콜레라는 수인성 전염병이잖아요! 오염된 음식과 물로 퍼지는 병인데, 그걸 모르고 콜레라 환자가 건네준 물을 마시다니!

🧑 닥터K　이 시대 사람들은 몰랐어. 전염병은 모두 오염된 공기가 원인이라 생각했지. 콜레라나 장티푸스 같은 수인성 전염병뿐 아니라, 모기가 옮기는 말라리아도 오염된 공기가 원인이라 생각했어. 말라리아란 단어도 실은 '나쁜 공기'란 뜻이야.

🧑 노빈손　오염된 물이 원인인데 아무도 그걸 몰랐단 말이에요? 오염된 공기가 원인이라고 생각하기에는 뭔가 이상했을 텐데요?

🧑 닥터K　당연히 이상하다고 느꼈지만, 그 이유를 본격적으로 따지고 든 사람은 없었어. 적어도 존 스노라는 의사가 나타나기 전까지는 그랬지.

🧑 노빈손　존 스노요?

🧑 닥터K　응. 존 스노는 런던에서 활동한 의사야. 그는 아무리 생각해도 오염된 공기가 콜레라의 원인이라는 막연한 추측을 믿을 수 없었어. 그래서 런던의 여러 지역에서 발생

한 콜레라 사망자 숫자를 조사했지. 어느 지역에서 사망자가 얼마나 발생하는지 조사하다 보니, 특정 우물을 사용하는 지역에서 사망자가 유달리 많이 발생했다는 것을 알아냈어. 그리고 그 우물을 식수로 사용했더라도 그냥 마시지 않고 끓여서 음료로 만들어 먹은 경우엔 사망자가 아주 많이 줄었다는 것도 알아냈지. 그 조사를 토대로 존 스노는, 오염된 공기가 아니라 오염된 물이 콜레라의 원인이라고 주장하기에 이르렀어. 그 주장 덕분에 런던 사람들은 우물을 깨끗하게 관리하고 식수를 끓여 먹기 시작했고, 차츰 콜레라의 발병을 줄일 수 있었지.

▶ 이 사람이 바로 존 스노예요!   ▶ 존 스노 기념비입니다. 런던에 콜레라가 창궐했던 시대의 펌프를 본따 만들었죠.

노빈손   그렇군요. 역시 어느 시대에나 저처럼 똑똑한 사람은 한
        두 명씩 있나 봐요. 그 이름 복잡한, 아 그러니까 파라켈
        수스란 사람도 그렇고, 존 스노도 그렇고요.

닥터K   뭐라고? 노빈손, 시간 여행을 하더니 약간 머리가 이상해
        진 것 아니니?

노빈손   어쨌거나 저는 21세기가 좋아요!

응급 타임머신 ❷

구급대와 응급환자 분류는 이렇게 시작되었어

닥터K   이제 옛날이 더 살기 좋았겠다고 생각하지 않지?

노빈손   네. 저는 21세기가 좋아요.

닥터K   왜 21세기가 좋은지 예를 든다면?

노빈손   음… 의사가 환자를 치료한다면서 몇 그릇씩 피를 뽑지도 않고, 콜레라 같은 질병은 공기가 아니라 오염된 물을 통해 퍼진다는 것을 이제는 알고 있으니까요.

닥터K   그것 말고는 없어?

노빈손   음… 음… 음… 길거리에서 다쳐 쓰러져도 119 구급대가 빨리 병원으로 데려가서 좋아요.

닥터K   그렇지! 그런데 그 구급대를 처음 만든 사람이 누구인지 궁금하지 않아?

노빈손   오! 구급대를 처음 만든 사람요?

194

닥터K 응. 만나 보고 싶지?

노빈손 아, 아뇨! 천만에요! 궁금하지도, 만나고 싶지도 않아요!

#1. '검정 빨강 노랑 녹색'의 시작은 전쟁터에서…

닥터K의 의도를 알아차린 노빈손은 고개를 좌우로 젓고 손을 내저으며 소리쳤으나 소용없었다. 닥터K가 아랑곳 않고 지난번처럼 손을 흔들자, 역시 펑 하는 소리와 함께 연기가 피어올랐다. 연기가 사라지자 넓은 들판이 보였다. 그러나 들판에는 새의 명랑한 노랫소리도 들리지 않고, 기분 좋은 산들바람도 불지 않았으며, 한가롭게 풀을 뜯는 양떼와 그들을 돌보는 목동도 없었다. 대신 매캐한 화약 냄새, 대포에 맞은 나무와 풀이 타올라 생긴 검은 그을음, 부상당해 쓰러진 병사들의 신음만 가득했다. 병사들은 붉은 군복 차림에, 끄트머리에 총검이 달린 긴 총을 들고 있었다.

노빈손 선생님! 대체 이번엔 또 어디예요?

닥터K 나도 정확히는 몰라. 1807년에서 1808년쯤이고, 유럽이야. 저 병사들은 모두 나폴레옹 1세의 부하야. 나폴레옹 알지? 키 작고 "내 사전에 불가능이란 없다"고 말하면서 알프스산맥을 넘은 사람.

노빈손   나폴레옹 1세가 누군지는 알아요. 그런데 생뚱맞게…. 나
폴레옹 1세와 구급대가 무슨 상관이 있냐고요!

닥터K   당연히 상관 있지. 아, 마침 저기 그 사람이 오는군!

    노빈손은 닥터K가 가리키는 쪽을 바라봤다. 크고 튼튼한 여섯
마리 말이 끄는, 바퀴 넷 달린 마차가 미친 듯이 달려오고 있었다.
마차는 쓰러진 병사들 앞에 멈췄고, 곧이어 군복 입은 중년 남자가
뛰어내렸다. 군복에는 장교 계급장과 함께, 멀리서도 의사임을 확
인할 수 있는 표식이 달려 있었다. 그는 쓰러진 병사들에게 다가가
상태를 확인하고 주머니에서 꺼낸 카드를 하나씩 꽂아 두었다. 그
러자 들것을 들고 뒤따라 내린 덩치 큰 병사 둘이 카드 색깔을 확
인하고는, 고통스러워하는 부상병을 마차에 태웠다. 그렇게 8명의
부상병을 태우자 남자와 병사 둘도 마차에 올랐고, 마차는 다시 빠
른 속도로 달리기 시작했다.

노빈손   저렇게 달리다가는 사고 날 것 같아요. 저 사람은 대체
누구예요?

닥터K   도미니크 장 라레라는 사람이야. 나폴레옹 1세의 군의관
이지. 아까 부상병에게 카드를 꽂아 주는 것 봤지? 어디
서 비슷한 장면을 본 것 같지 않아?

노빈손 글쎄요. 카드놀이는 본 적 많아요.

닥터K 아니! 카드놀이가 아니라, 색깔로 환자들을 분류했잖아. 예전에 대형 버스 전복 사고 환자들 기억나지 않아? 가망 없는 환자는 검정, 생명을 구하기 위해 최우선으로 치료해야 할 환자는 빨강, 치료가 필요하나 당장 생명에 지장 없는 환자는 노랑, 가장 마지막에 치료할 경미한 부상자는 녹색으로 분류했던 것 기억하지?

노빈손 당연히 기억하죠. 그때 제가 검정으로 분류된 환자를 치료하려고 했다가 야단맞았잖아요.

닥터K   그래, 그 분류법을 처음 만든 사람이 도미니크 장 라레야. 분류법만 만든 것이 아니라 치료가 시급한 환자를 야전병원까지 신속하게 옮기는 구급차도 만들었지. 방금 본 마차가 바로 그가 만든 구급차야. 도미니크 장 라레의 활약 덕분에 나폴레옹 1세의 병사들은 다른 군대에 비해 부상당해도 잘 치료 받을 수 있다는 확신을 가지고 싸울 수 있었어. 다만 그의 환자 분류법과 구급차가 전쟁터가 아닌 곳에서도 활발히 사용되는 데까지는 오랜 시간이 걸렸어. 1960~70년대에 이르러서야 미국에서 그런 움직임이 나타나기 시작했으니까.

#2. 지금은 응급환자를 어떻게 분류할까?

노빈손   그런데 그 방법으로는 다친 사람만 분류할 수 있잖아요. 응급실에는 다치지 않은 사람도 많이 오지 않나요?

닥터K   오, 노빈손! 웬일로 멋진 질문을 했네. 당연히 응급실에는 다친 사람만 오지는 않아. 질병 때문에 아픈 사람도 많이 오지. 그래서 그런 사람에 대한 분류법도 마련되어 있어. 한국형 응급환자 분류도구라고, 들어 본 적 없어?

노빈손 　당연히 처음 듣는데요.

닥터K 　으이구! 기대했던 내가 잘못이지. KTAS라고 부르는 한국형 응급환자 분류도구는 환자를 5등급으로 분류해. 최우선 순위는 심장마비, 무의식, 무호흡 같은 증상을 보이는 환자지. 당장 심폐소생술 같은 치료가 필요한 아주 급한 환자야. 2순위는 심근경색, 뇌경색, 뇌출혈 등의 환자로, 아직 심장마비가 오지는 않았지만 생명이 위험할 가능성이 높아 빨리 치료해야 해. 3순위는 심하지 않은 호흡곤란을 보이거나 피가 섞인 설사를 하는 환자로, 급한 치료가 필요하고 악화할 가능성도 높아 주의를 기울여야 해. 4순위는 열이 나면서 배가 아픈 증상처럼, 심하지는 않으나 한두 시간 내 치료를 시작해야 하는 환자지. 5순위는 감기나 열이 나지 않는 장염처럼 천천히 치료해도 큰 문제가 생길 가능성이 낮은 환자야. 알겠어?

노빈손 　넵! 제가 배탈 때문에 응급실에 가서 빨리 치료해 달라고 울고불고해도 나중에 치료해 준 게 그 때문이군요!

닥터K 　노빈손! 의사가 배탈로 난리 치다니, 부끄럽지도 않아?!

노빈손 　헤헤…. 그때는 한국형 응급환자 분류도구가 있는 줄 몰랐는걸요. 그걸 저한테 빨리 가르쳐 주지 않은 선생님께도 잘못이 있다고요!

'전문직' 의사, 과거엔 어떤 모습이었을까?

#1. 1530년, 유럽

닥터K 노빈손 선생, 어떤 사람이 의사가 되는 걸까?

노빈손 에이, 당연히 엄청 공부 잘하고 똑똑한 사람이죠!

닥터K 정말? 그렇다면 노빈손 선생은 어떻게 의사가 된 거지?

노빈손 네? 뭐라고요?

닥터K 아냐, 됐어. 지금 그게 중요한 문제는 아니니까. 그런데 과거에는 어떤 사람이 의사가 되었을까?

노빈손 글쎄요. 잘 모르겠는데요.

닥터K 궁금하지 않아?

노빈손 당연히 궁금하죠. 아, 아니에요! 궁금하지 않아요! 절대! 네버! 궁금하지 않아요!

🙂 **닥터K**   자, 그렇다면….

🐾 **노빈손**   안 돼요! 펑 하는 거, 그거 하지 마세요! 연기가 얼마나 몸에 나쁜지 아세요?!

노빈손이 황급히 말렸으나, 닥터K는 씩 웃으며 허공에 손을 흔들었다. 펑 하는 소리와 함께 연기가 자욱하게 피어올랐다. 연기가 사라지자 책으로 가득한 책장이 있는 방이 나타났다. 방 가운데는 큰 테이블이 있었다. 그 위에는 유리병과 약초가 어지럽게 널려 있고, 숯이 가득 담긴 조그마한 화로도 있었다.

🐾 **노빈손**   켁켁! 대체 여기는 또 어디예요?

🙂 **닥터K**   원래는 히포크라테스나 갈레노스를 찾아가려 했는데, 그건 너무 옛날이라 좀 가까운 시절로 왔어.

🐾 **노빈손**   가까운 시절이라고요? 여기도 한참 옛날인 것 같은데요?

🙂 **닥터K**   1530년이니까 지금으로부터 500년쯤 전이지.

🐾 **노빈손**   그럼 엄청나게 옛날이잖아요!

그때, 이마가 훌렁 벗겨지고 양옆에 남은 머리카락은 곱슬곱슬한 남자가 방에 들어왔다. 그는 머릿속에 떠오른 생각을 놓치지 않으려는 듯 허겁지겁 방 한가운데 테이블로 뛰어갔다. 그러고는 정확히 알아듣기 힘든 말을 중얼거리며, 제법 큰 금속 그릇에 이런 저런 유리병에 든 액체를 붓고 약초를 집어넣었다. 그런 다음 화로에 올려 가열하고는, 주머니에서 꺼낸 흐릿한 광택의 금속 덩어리에 그 액체를 부었다.

한참 동안 초조한 눈빛으로 지켜보던 남자는 천 조각으로 금속 덩어리에 묻은 액체를 닦아 내고 이리저리 살펴보았다. 잠시 후 그의 얼굴에 실망스런 표정이 떠올랐다. 그는 금속 덩어리를 바닥에 내동댕이치며 외쳤다.

"이런! 또 실패야!"

노빈손　저 아저씨 왜 저래요? 뭘 실패한 거예요?

닥터K　납으로 황금을 만들려다 실패한 거야. 어려운 단어로 얘기하면 '연금술'이지.

노빈손　네? 납으로 황금을 만든다고요? 그게 가능해요?

닥터K　당연히 가능하지 않지. 그래도 고대부터 르네상스 시대까지 숱한 사람들이 가능하다 믿고, 그 방법을 찾으려 노력했어.

노빈손　어리석은 사람들이네요. 그럼 저 아저씨도 직업이 연금술사예요?

닥터K　연금술에도 관심이 많았는데, 동시에 점성술에도 흥미가 있었어. 하늘의 별을 보고 미래를 예언했지. 하지만 저 남자를 진짜 유명하게 만든 직업은 따로 있어.

노빈손　무슨 직업이에요? 연금술사나 점성술사 같은, 좀 이상한 직업 아니에요?

닥터K　저 남자는 의사로 유명했어. 오늘날까지도 유명하고.

노빈손　예? 저 사람이요? 납으로 황금을 만들겠다는 허황된 꿈을 지닌 사람이요? 에이, 설마요. 혹시 너무 돌팔이라 유명한가요?

닥터K　아니. 저 사람은 파라켈수스야!

노빈손　네? 파라켈수스요? 파라켈수스는 현대 의학의 아버지라고 하셨잖아요? 그런데 저런 사람이에요?

닥터K 파라켈수스는 히포크라테스와 갈레노스 같은 고대의 대가들을 의심 없이 믿지 않고, 관찰과 경험을 통해 질병을 규명했던 훌륭한 사람은 맞아. 그러나 어디까지나 500년 전에 살았던 사람이야. 현대 의학에 크게 이바지한 선구자지만 그 시대를 완전히 벗어날 수는 없었어. 그리고 그가 살던 시대에는 의사의 지위가 아주 높지는 않았지.

노빈손 그럼 어떤 사람이 의사가 되었는데요?

닥터K 물론 아주 가난하거나 제대로 교육받지 못한 사람이 의사가 될 수는 없었어. 그러나 권력 있는 귀족이나 부유한 상인의 아들이 의사가 되는 경우 역시 드물었어. 귀족이라도 둘째 아들 혹은 셋째 아들이라 물려받을 땅과 재산이 적거나 없는 경우, 그리고 아버지가 도시에서 활동하는 상인이거나, 귀족과 어깨를 나란히 할 정도로 부자는 아닌 경우에 법률가, 성직자 그리고 의사를 직업으로 택했어. 그래서 중세와 르네상스 시대 대학에서 주로 가르친 학문도 신학, 법학, 의학이었지.

노빈손 그렇군요. 그럼 요즘같이 똑똑하고 공부 잘하는 사람이 의사가 되는 시대는 대체 언제 시작된 거예요?

닥터K 언제일 것 같아?

노빈손 글쎄요. 음… 뭐, 칙칙폭폭 기차가 다니기 시작하던 시절
      쯤이 아닐까요?

닥터K 그럼 확인해 볼까?

노빈손 아, 아니에요! 그냥 인터넷으로 찾아볼게요오오~!

▶ 파라켈수스의 초상화,
  그리고 그의 연금술 논문
  모음집의 표지예요.

#2. 1835년, 미국 신시내티

이번에도 노빈손의 의사와는 관계없이, 닥터K는 빙긋 웃으며 손
을 흔들었다. 펑 하는 소리와 함께 연기가 피어올랐다. 연기가 걷
히자 침대에 누운 한 젊은 여자가 보였다. 여자의 아름다운 얼굴
에는 핏기가 하나도 없었다. 사람의 얼굴이라기보다, 흰 눈을 뭉친
조각처럼 느껴질 정도였다. 곁에는 여자의 남편으로 보이는 젊은
남자가 있었다. 그리고 왕진 가방을 든, 의사로 보이는 남자들이 상
기된 표정으로 서 있었다.

"더 이상 피를 뽑으면 안 됩니다. 어제 제가 240시시를 뽑았고 그 후에 다른 분들이 900시시를 더 뽑았습니다. 그래도 좋아지지 않고 증상이 나빠지기만 했어요. 그러니 더 이상 뽑는 것은 무모한 행동입니다."

의사 가운데 한 사람이 소리 높여 말했다. 그러나 곧 나머지 세 사람이 고개를 흔들며 반론을 펼치기 시작했다.

"아닙니다. 오히려 충분히 뽑지 않아 증상이 더 나빠진 것이에요. 원래 피는 뽑으면 뽑을수록 많이 만들어집니다. 지금 맥박이 빠른 것은 피를 충분히 뽑지 않아, 아직 피가 충분히 만들어지지 않아서 그런 겁니다. 그러니 더 뽑아야 합니다."

"맞습니다. 피를 뽑을 뿐 아니라 수은도 투여해야 합니다. 아이를 낳고 빈맥과 발열이 있을 때는 수은이 특효약입니다."

"수은은 모르겠는데, 일단 피를 더 뽑아야 하는 것은 맞습니다. 콜비 선생도 어제 처음에는 피를 뽑자고 하더니 그다음부터는 왜 반대하는지 모르겠군요. 피를 충분히 뽑지 않아 증상이 더 악화되는 겁니다. 콜비 선생은 의사로서 실력도 없고 용기도 없군요."

그러자 처음 말했던 의사가 얼굴을 붉히며 소리쳤다.

"에버럴! 당신, 무슨 말을 그리 함부로 해 대는 거요!"

그 모습을 지켜보던 환자, 그러니까 침대에 누운 핏기 없는 여자가 남편을 손짓으로 불러 속삭였다. 그러자 남편이 헛기침을 하고 입을 열었다.

"선생님들, 그만하세요. 아내는 어떤 치료든 받겠다고 하니 어서 시행하시죠."

그러자 피를 뽑는 것에 찬성한 의사 셋이 바쁘게 움직였다. 그들은 익숙한 동작으로 환자의 팔에서 혈관을 찾아냈고, 작고 날카로운 도구로 혈관을 잘라 피를 빼기 시작했다. 콜비가 절망적으로 고개를 흔드는 동안에도 그들은 계속 피를 뽑았다.

"600시시를 뽑았으니 이제 증상이 한결 좋아질 것입니다."

의사 셋은 자신 있게 말했다. 그러나 환자는 더 기운 없어지고 아예 축 처져 버렸다. 잠시 후 환자는 전혀 움직이지 않았다. 숨을 들이쉬고 내쉬는 가슴의 움직임도 사라졌다. 의사들은 다급하게 환자의 호흡과 맥박을 확인했다.

노빈손   저 환자, 죽은 거예요?

닥터K   응. 이틀에 걸쳐 1800시시를 뽑았으니, 적어도 전체 혈액의 3분의 1이 사라진 거야. 더구나 원래 열이 있는 상태였고, 수은까지 먹였으니 죽지 않는 게 이상하지.

노빈손   어떻게 저런 일이! 여기 대체 어디예요?

닥터K   1835년, 미국 신시내티야. 환자의 남편은 훗날 링컨 대통령이 재무부 장관으로 기용한 새먼 체이스이고.

노빈손   피는 중세 시대 의사만 뽑는 거 아니었어요?

닥터K   아니야. 19세기까지도 계속 의미 없이 피를 뽑았어. 점차 발전하기는 했지만 19세기에도 의학은 여전히 걸음마 단계였어. 의사의 지위도 낮아서 물리학자, 화학자, 생물학자 같은 진짜 과학자들에게는 사기꾼 취급을 당했지. 의대에 입학하는 것도 아주 쉬웠고 졸업하는 것은 더 쉬웠어. 학비만 낼 수 있으면 아무나 의사가 될 수 있었달까.

 노빈손 에이, 설마요!

닥터K 아냐, 진짜야! 20세기가 되기 전까지 의사는 약장수, 사기꾼에 가까웠어. 그러다가 19세기 말 독일의 의사 코흐가 다양한 세균을 발견하고, 1850년부터 1950년 사이에 의학적 발견과 발명이 잇따르면서 비로소 의학이 제 모습을 갖추기 시작했어. 의과대학에 대한 국가의 감독도 이루어져, 기준에 미달하는 곳은 강제로 폐교되었지. 그러면서 의사도 사기꾼이나 약장수가 아니라 진짜 생명을 구하는 직업이 되었고, 비로소 오늘날처럼 존경받기 시작했어. 그때부터 인기 있는 직업이 된 거야.

노빈손 그렇군요. 그래도 옛날 의사는 공부를 많이 할 필요가 없어서 좋았겠어요. 무조건 피만 뽑고 대충 말로 잘 둘러대면 되니까요!

닥터K 노빈손! 제발 정신 차려!

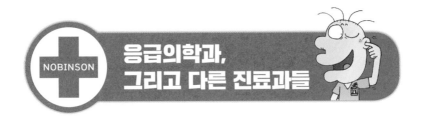

#1. 응급의학과는 무얼 하는 진료과죠?

🦗 **노빈손** 그런데 응급의학과가 하는 일이 정확히 뭐예요?

👨 **닥터K** 아니, 노빈손! 아직도 그걸 모른다고? 지금까지 응급실에서 일하며 지켜봤잖아!

🦗 **노빈손** 대충 알긴 알겠는데, 친구들이 물으면 뭐라 대답해야 할지 모르겠어요. 솔직히 선생님이 눈 부릅뜨며 화낸 것밖에 기억나지 않아요. 아, 아니에요! 정형외과 의사는 뼈가 부러진 사람을 치료하고 신경외과 의사는 머리 다친 사람을 수술하죠. 심장내과는 심장이 안 좋은 사람을 치료하고, 배가 아프면 소화기내과 의사가 치료해 주는데, 응급의학과는 뭐라고 딱 설명하기 애매하더라고요.

닥터K 응급의학과 의사는 응급실을 방문하는 다양한 환자를 진단하고 치료하는….

노빈손 아이 참, 그렇게 알듯 말듯 알쏭달쏭하게 말씀하지 말고 쉽게 설명해 주세요오~.

닥터K 휴우~ 어쩔 수 없지. 쉽게 설명하려면 아무래도 예를 들어야겠군. 만약에 어떤 사람이 갑자기 의식을 잃고 쓰러졌다면, 원인이 무얼까?

노빈손 에이, 그거야 당연히 뇌출혈이나 뇌경색이겠죠. 머리에 문제가 있으니 쓰러진 거잖아요.

닥터K 아니. 꼭 그렇게 생각할 수는 없어. 뇌출혈과 뇌경색 같은 뇌의 질병으로도 의식을 잃고 쓰러질 수 있지만, 당뇨병 환자라면 혈당이 지나치게 낮아지거나 높아져서 의식을 잃을 수 있어. 또 무릎이 아파서 스테로이드 같은 약을 오랫동안 복용했다면 전해질 불균형으로 의식을 잃을 수도 있지. 그뿐만 아니라 갑상선기능항진증이 급격히 악화되어도 의식을 잃고 쓰러질 수 있어. 심각한 부정맥이 발생하거나 심근경색으로 혈압이 곤두박질쳐도 의식을 잃고 쓰러질 수 있어. 가벼운 감기 몸살이라 생각해서 폐렴이나 간농양을 방치해도 패혈증에 빠져 의식을 잃고 쓰러질 수 있지. 그리고 또….

노빈손　으아악! 그만, 그만요! 원인이 엄청나게 많다는 것, 잘 알 겠다고요.

닥터K　의식을 잃고 쓰러지게 하는 엄청나게 많은 원인 가운데, 무엇이 그 환자를 쓰러지게 한 진짜 원인인지 찾아내는 사람이 바로 응급의학과 의사야. 의식 없는 환자가 왔을 때 무턱대고 모든 진료과의 의사를 부를 수는 없잖아.

노빈손　아하, 그럼 탐정 같은 건가요?

닥터K　그렇지, 탐정과 비슷해! 그런데 탐정처럼 단순히 원인만 찾는 것이 아니라, 동시에 환자의 상태가 나빠지지 않도 록 조치를 취해야 해. 문제의 원인을 정확히 찾는 사이에 환자 상태가 나빠지면 의미가 없잖아? 신속하고 정확하 게 원인을 찾으면서, 동시에 상태가 나빠지지 않도록 최 선을 다해서 필요한 조치를 취해야 하지.

노빈손　와, 생각보다 멋진 일이네요!

닥터K　노빈손, 너는 대체 지난 몇 달 동안 응급실에서 뭘 한 거 야? 꼭 오늘 처음 응급실에 온 사람처럼….

노빈손　음… 솔직히, 선생님한테 야단맞은 것만 기억나요!

닥터K　뭐라고?!

노빈손　아, 아니에요! 근데 그렇게 멋진 일을 하는 분이니, 이제 저 좀 그만 혼내시면 안 될까요?

#2. 다른 진료과들은 어떤 일을 하죠?

🐊 **노빈손** 　선생님, 그럼 우리 연남대병원의 다른 진료과들은 어떤 환자를 돌보는 거죠? 종합병원이라서 진료과가 이것저것 다양하잖아요?

👨 **닥터K** 　거참, 바쁜데 계속 물어보는군. 좋아, 기분이다! 가서 돌봐야 할 환자가 많으니까 짧게 알려 줄게.

🐊 **노빈손** 　네, 선생님. 제발 짧게 알려 주세요! 크크크크….

👨 **닥터K** 　병원을 둘러보면 진료과가 아주 다양하지? 그 각 과목들은 모두, 아래 다섯 가지 큰 갈래의 진료과에서 나왔다고 보면 돼. 사실 거의 20세기 초반까지는 의사가 내과 의사와 외과 의사로만 구분되기도 했지.

내과　외과와 함께, 가장 역사 깊은 진료과예요. 쉽게 말하면 '수술 없이 치료하는 모든 진료과'가 내과에 속하지요. 실제로 신경과는 원래 내과에 속했고요. 요즘에는 내과도 다양한 세부 진료과로 나뉩니다. 심장을 진료하면 심장내과, 폐렴과 천식 같은 호흡기 질환은 호흡기내과, 항암 치료는 종양내과, 소화 기관과 관련된 질병은 소화기내과 같은 식으로 분류되죠. 앞에서 본 김멸균 교수님, 기억나죠? 감염내과 의사인데요, 감염내과는 세균, 바이러스, 진균, 원충 같은 모든 종류의 감염을 다루는 진료과예요. 대학병원에서 아주 중요한 일을 수행하죠.

외과 내과와 함께, 가장 역사 깊은 진료과예요. '수술로 치료하는 모든 진료과'가 여기 속하죠. 정형외과, 성형외과, 신경외과, 흉부외과, 이비인후과, 비뇨기과도 원래 외과에 속했는데, 지금은 모두 독립해 있어요. 갑상선외과, 유방외과, 위십이지장외과, 간담도외과, 대장항문외과가 아직 외과 안에 남아 있죠.

산부인과 여성과 관련된 질병을 다루지요. 출산 전까지 태아의 건강을 담당하기도 하고요. 여러분의 할머니와 어머니, 언니, 누나, 여자 친구 등, 여성이라면 누구든 건강을 지키기 위해 찾아가게 되는 곳이랍니다. 역시, 오랜 역사를 지닌 진료과입니다.

소아과 소아과는 원래 내과에 속해 있었는데, 어른과는 조금 다른 어린이의 몸을 좀 더 전문적으로 진료하고 치료하기 위해 독립했어요. 여러분도 감기에 걸리거나 예방접종을 할 때가 되면 부모님과 함께 소아과를 찾아가곤 하죠? 참고로, 심하게 놀다가 뼈나 근육, 피부 등을 다치면 소아과나 내과가 아니라 외과 쪽 진료과를 찾아가야 한다는 점, 잊지 마세요.

정신과 정신과는 위 네 가지 분야와는 성격이 좀 다른 진료과예요. 다른 과들이 육체의 문제를 다루는 반면, 정신과는 마음의 문제를 다루지요. 여러분도 뉴스를 통해 우울증이나 성격장애, 조현병 같은 정신적 문제들에 대해 들어 본 적 있을 거예요. 이런 문제들을 진료와 상담, 검사, 약물 처방 등의 방법으로 치료해 주는 곳이 바로 정신과입니다.

닥터K 노빈손, 잘 알겠지? 이렇게 다섯 가지 진료과가 임상의학, 즉 환자를 직접 맡아 치료하는 의학의 큰 뼈대를 구성하는 거야. 우리 응급의학과는, 한국에서는 1980년대에 들어서야 시작된 '젊은 진료과'라고 할 수 있지. 응급 상황에서 빠르게 질환을 진단하고, 필요한 수술이나 시술을 시행하기 전까지 환자의 상태를 최대한 안정적으로 유지하게 하는 게 우리의 임무야. 잘 알아 두라고.

노빈손 넵! 알겠습니닷, 닥터K! 아… 아니, 경훈 선생님!

의사가 되고 싶은 여러분께…

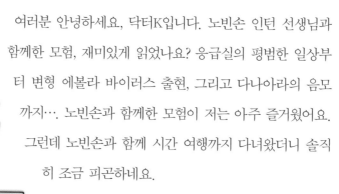

여러분 안녕하세요, 닥터K입니다. 노빈손 인턴 선생님과 함께한 모험, 재미있게 읽었나요? 응급실의 평범한 일상부터 변형 에볼라 바이러스 출현, 그리고 다나아라의 음모까지…. 노빈손과 함께한 모험이 저는 아주 즐거웠어요. 그런데 노빈손과 함께 시간 여행까지 다녀왔더니 솔직히 조금 피곤하네요.

그래서 이제는 푹신한 침대에 누워 쉬고 싶은데…. 노빈손 이 녀석, 하필 지금 사라졌어요. 의사가 되고 싶어 하는 여러분께 몇 가지 도움말을 좀 드리라고 말해 뒀는데 말이에요. 분명 어딘가에 숨어서 쿨쿨 자고 있겠죠, 뭐. 노빈손 선생도 꽤 피곤했을 거예요. 대신 저, 닥터K가 직접 나서야겠군요!

질문. **의사가 되는 데는 오랜 시간이 걸린다던데, 맞나요?**

답변. 네, 맞아요. 시간이 좀 걸린답니다. 의사가 되려면 어떤 과정을 거쳐야 할까요?

우선 초등학교 6년, 중학교 3년, 고등학교 3년의 정규교육을 마치고, 또는 대학 입학 자격 검정고시를 치르고, 의과대학에 입학해야 합니다. 당연히 열심히 공부해야겠죠. 그렇다면 노빈손은 대체 어떻게 의과대학에 입학했는지 의문스럽지만…. 하여튼 타고난 천재가 아닌 이상, 열심히 공부해야 의과대학에 입학할 수 있습니다.

그렇게 의과대학에 입학하면 6년 동안 의과대학생으로 교육받아요. 다른 학과는 대부분 4년이면 졸업할 수 있으나 의과대학은 6년이 걸려요. 그리고 안타깝게도 6년 만에 공부를 마치지 못해 7년 혹은 8년 걸려 졸업하는 사람도 가끔 있지요. 의과대학을 졸업하면 한국 의사 시험에 응시할 자격을 얻게 돼요. 다행히 시험이 엄청나게 어렵지는 않아요. 정상적으로 의과대학을 졸업한 사람이라면 누구나 합격 가능합니다. 그러면 드디어 의사 면허를 받는데, 기쁨은 잠시예요. 그저 시작일 뿐이거든요.

의사 면허를 받고 나면 대학병원 같은 큰 병원에서 1년간 인턴으로 교육받아요. 인턴은 짧게는 2주, 길게는 한 달씩 의학의 다양한 분야에서 교육받죠. 대부분은 이때 자신의 전문 과목을 결정해요. 물론 의과대학 시절부터 '나는 신경외과 의사가 될 거야' '나는 소아과 의사가 될 거야'라고 마음먹는 친구들도 있긴 하죠. 어쨌든 인턴이 끝나면 자신이 정말 하고 싶은 전문 과목을 선택해서 4년 동안 레지던트로 일하며 또 교육받아요. (모든 진료과가 4년은 아니고 내과와 가정의학과, 예방의학과는 3년이에요.) 그렇게 레지던트 과정을 무사히 마치면 전문의 자격시험을 치르고, 합격하면 드디어 전문의가 된답니다.

의과대학 6년, 인턴 1년, 레지던트 4년이니 아주 긴 시간이죠. 사람의 생명을 다루는 직업이라 당연해요. 그리고 그 기간 동안 보람되고 즐거운 추억을 많이 쌓을 수 있어요. 여러분이 본 것처럼, 노빈손도 저와 함께 그런 즐거운 추억을 많이 쌓았으니까요. (아, 어디선가 노빈손이 황당해하는 소리가 들리는 듯하네요…)

질문. **응급실 의사 선생님이 되려면 뭘 준비해야 하죠?**

답변. 음, 준비할 것이라…. 그보다, 여러분께 이렇게 질문을 드려 볼게요. 어떻게 해야 좋은 의사가 될 수 있을까요? 훌륭한 의사가 되려면 어떤 노력이 필요할까요? 단순히 '공부를 열심히 한다' 말고, 무엇이 필요할까요?

저는 '책을 많이 읽고 여행을 많이 하라'고 얘기하고 싶어요. 의사, 특히 응급실에서 일하는 의사의 일은 간단하지 않아요. 드라마에 나오는 것처럼 하얀 가운을 멋지게 차려입고 청진기를 환자의 가슴에 대는 것만으로 끝나는 일이 아니죠.

노빈손과 제가 함께한 모험을 통해서 다들 알았을 텐데, 의사는 '문제를 찾아내 해결하는 사람'이에요. 그렇게 생각하면 형사 혹은 탐정과도 비슷해요. 셜록 홈스 같은 탐정은 사건이 발생하면 사건의 정확한 내용을 밝혀서 악당을 체포하죠. 의사는 환자에게 질병이 발생하면 정확히 무슨 질병인지 밝혀서 치료해야 해요. 그래서 무엇보다 '생각하는 힘'이 중요할 수밖에 없어요.

생각해 보세요. 100년 전 런던의 거리를 누비며 범죄자를 벌벌 떨게 했던 셜록 홈스가 21세기 한국에 온다면 어떨까요? 처음 며칠, 몇 주 동안은 텔레비전, 비행기, 인터넷, 스마트폰 같은 것에 눈이 휘둥그레지겠지만, 곧 100년 전처럼 범죄자를 벌벌 떨게 하는 명탐정의 모습을 되찾을 거예요. 왜냐면 그동안 쌓아 온 관찰력, 통찰력과 판단력이 있으니까요. 의사도 마찬가지죠. 의학은 지금 이 순간에도 세계에서 많은 연구가 진행되고 있고 놀랄 만한 속도로 발전하고 있어요. 그래서 조그마한 지식을 하나 더 아는 것은 크게 중요하지 않아요.

정말 중요한 것은, 그런 지식과 환자의 증상을 연결하고 환자가 말하지 않은 부분까지 찾아내서 언제, 어떻게, 무슨 병에 걸렸고 지금까지 어떻게 진행되었는지 알아내는 힘, 그리고 앞으로 어떻게 치료하는 것이 최선인지 판단하고 결정할 수 있는 힘이에요. 앞서 말했듯 '생각하는 힘'이죠. 그러니 다양한 책을 많이 읽고 세상의 여러 곳을 여행하면서, 넓게 바라보고 깊이 생각할 수 있는 힘을 길러야 해요! 이게 닥터K가 의사가 되고 싶은 여러분께 드리는 가장 큰 조언입니다.

그럼 여러분. 이 자리에 없는 노빈손의 몫까지 더해서, 인사를 전합니다. 다음에 또 만나요~!